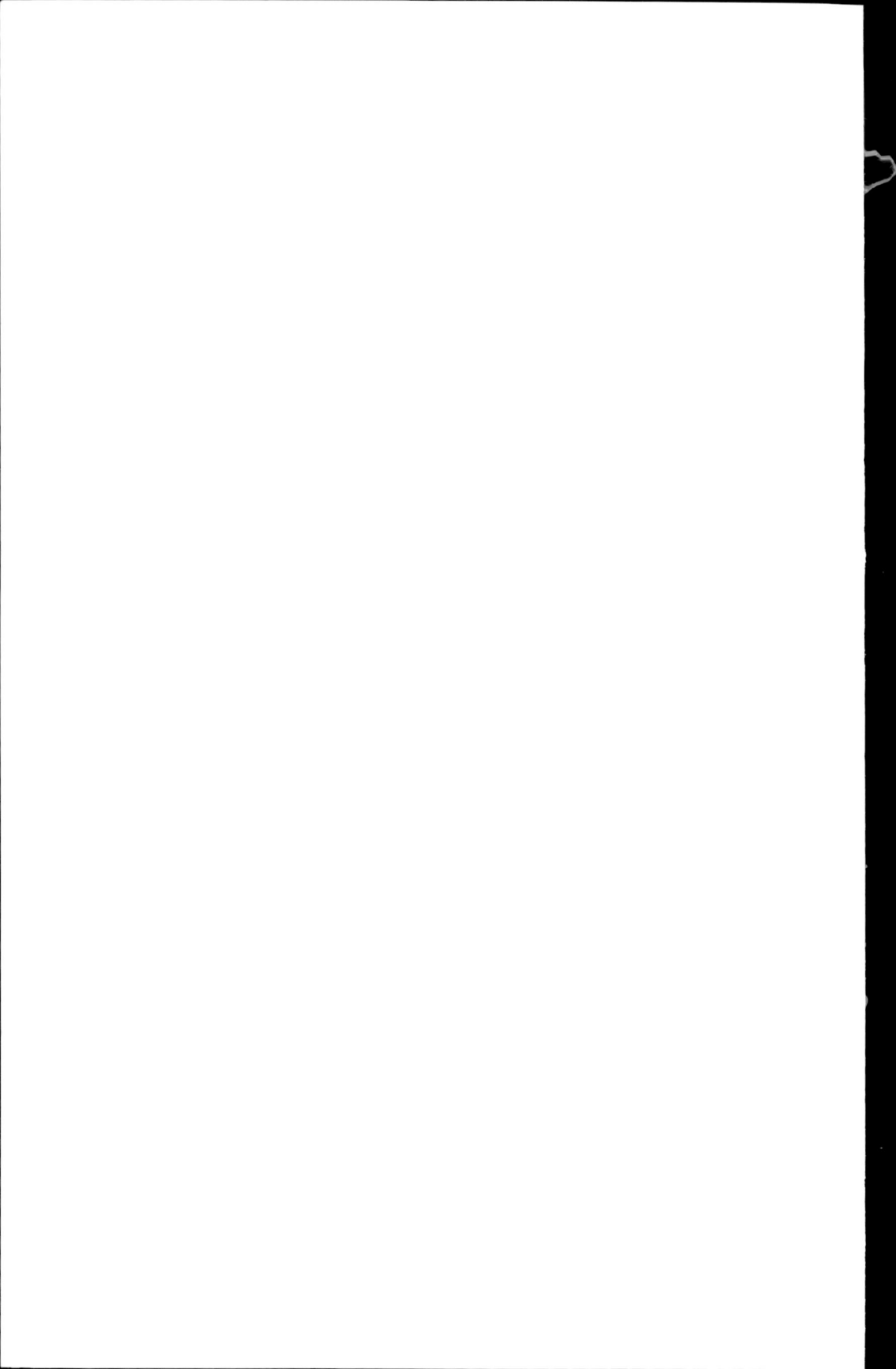

活在身体里的故乡

季羡林、————————著
史铁生、
余华 等

《作家文摘》————————编

中国出版集团 现代出版社

《作家文摘》名家散文系列

主　编　孔　平

副主编　魏　蔚

编　辑　吕秀芳　王晓君　丁　历

目录

辑二

永远的异乡人

那片土地成为他们心灵中一个牢固的情结。
作为曾经的灵魂的栖息之地，
那里显然具有一种精神家园的意义。

辑三

想念是相处的利息

交往越多，相处越长，情感才越深，思念才越真。

纵使亲情，也需要儿时的朝夕相处来维系。

辑四

不完满才是人生

在人生的道路上，每一个人都是孤独的旅客。

只有能做到"尽人事而听天命"，才能永远保持心情的平衡。

辑五

红尘相看

中国人常说安身立命。什么是安身立命？
我看就是与红尘相安，我不破你，你也破不了我。

辑一
故乡的路，很短，也很长

故乡常常是被缩小的，
有时候仅仅缩小成一条狭窄的街道，
故乡有时候是被压扁的，
它是一片一片记忆的碎片，
闪烁着寒冷或者温暖的光芒。

月是故乡明

季羡林

    每个人都有个故乡，人人的故乡都有个月亮。人人都爱自己故乡的月亮。事情大概就是这个样子。

    但是，如果只有孤零零一个月亮，未免显得有点孤单。因此，在中国古诗文中，月亮总有什么东西当陪衬，最多的是山和水，什么"山高月小""三潭印月"等，不可胜数。

    我的故乡是在山东西北部大平原上。我小的时候，从来没有见过山，也不知山为何物。我曾幻想，山大概是一个圆而粗的柱子吧，顶天立地，好不威风。以后到了济南，才见到山，恍然大悟：原来山是这个样子呀！因此，我在故乡里望月，从来不同山联系。像苏东坡说的"月出于东山之上，徘徊于斗牛之间"，完全是我无法想象的。

    至于水，我的故乡小村却大大地有。几个小苇坑占了小村一多半。在我这个小孩子眼中，虽不能像洞庭湖"八月湖水"那样有气派，但也颇有一点烟波浩渺之势。到了夏天，黄昏以后，我在坑边的场院里躺在地上，数天上的星星。有时候在古柳下面点起篝火，然后上树一摇，成群的知了飞落下来，比白天用嚼烂的麦粒去粘要容易得多。我天天晚上乐此不疲，天天盼望黄昏早早来临。

到了更晚的时候，我走到坑边，抬头看到晴空一轮明月，清光四溢，与水里的那个月亮相映成趣。我当时虽然还不懂什么叫诗兴，但也顾而乐之，心中油然有什么东西在萌动。有时候在坑边玩很久，才回家睡觉。在梦中见到两个月亮叠在一起。清光更加晶莹澄澈。第二天一早起来，到坑边苇子丛里去捡鸭子下的蛋，白白地一闪光，手伸向水中，一摸就是一个蛋。此时更是乐不可支了。

我只在故乡待了六年，之后就离乡背井，漂泊天涯。在济南住了十多年，在北京度过四年，又回到济南待了一年，然后在欧洲住了十一年，又回到北京，到现在已经十多年了。在这期间，我曾到过世界上将近三十个国家，看过许许多多的月亮。在风光旖旎的瑞士莱芒湖上，在平沙无垠的非洲大沙漠中，在碧波万顷的大海中，在巍峨雄奇的高山上，我都看到过月亮。这些月亮应该说都是美妙绝伦的，我都异常喜欢。但是，看到它们，我立刻就想到在我故乡那个苇坑上面和水中的那个小月亮。对比之下，无论如何我也感到，这些广阔世界的大月亮，万万比不上我那心爱的小月亮。不管我离开我的故乡多少万里，我的心立刻就飞来了。我的小月亮，我永远忘不掉你！

我现在已经年近耄耋，住的朗润园胜地。夸大一点说，此地有茂林修竹，绿水环流，还有几座土山，点缀其间。风光无疑是绝妙的。前几年，我从庐山休养回来，一个同在庐山休养的老朋友来看我。他看到这样的风光，慨然说："你住在这样的好地方，还到庐山去干吗呢！"可见朗润园给人印象之深。此地既然有山，有水，有树，有花，有鸟，每逢望夜，一轮当空，月光闪耀于碧波之上，上下空濛，一碧数顷，而且荷香远溢，宿鸟幽鸣，真不能不说是赏月胜地。荷塘月色的奇景，就在我的窗外。不管是谁来到这里，难道还能不顾而乐之吗？

然而，每值这样的良辰美景，我想到的仍然是故乡苇坑里的那个平凡的小月亮。见月思乡，已经成为我经常的经历。思乡之病，说不上是苦是乐，其中有追忆，有惆怅，有留恋，有惋惜。流光如逝，时不再来。在微苦中实有甜美在。

月是故乡明，我什么时候能够再看到我故乡的月亮呀！我怅望南天，心飞向故里。

（《作家文摘》2015 年总第 1873 期，摘自《季羡林散文精选》，季羡林著，当代中国出版社 2008 年 8 月出版）

何处是乡愁

梁　衡

乡愁，这个词有几分凄美。原先我不懂，故乡或儿时的事很多，可喜可乐的也不少，为什么不说乡喜、乡乐，而说乡愁呢？最近回了一趟阔别六十年的故乡，才解开这个人生之谜。

故乡在霍山脚下。一个古老美丽的小山村，水多，树多。村中两庙、一阁、一塔，有很深的文化积淀。我家院子里长着两棵大树。一棵是核桃，一棵是香椿，直翻到窑顶上遮住了半个院子。核桃，不用说了，收获时，挂满一树翠绿滚圆的小球。大人站到窑顶上用木杆子打，孩子们就在树下冒着"枪林弹雨"去拾，即使头上砸出几个包也喜滋滋的，此中乐趣无法为外人道。香椿炒鸡蛋是一道最普通的家常菜，但我吃的那道不普通。老香椿树的根不知何时，从地下钻到我家的窑洞里，又从炕边的砖缝里伸出几枝嫩芽。我们就这样无心去栽花，终日伴香眠。每当我有小病，或有什么不快要发一下小脾气时，母亲安慰的办法是，到外面鸡窝里收一颗还发热的鸡蛋，回来在炕沿边掐几根香椿芽，咫尺之近，就在锅台上翻手做一道香椿炒鸡蛋。那种清香，那种童话式、魔术般的乐趣，永生难忘。

当然炕头上的记忆还有很多，如在油灯下，枕着母亲的膝盖，看纺车的转动，听远处深巷里的犬吠和小河流水的叮咚。这次回村，我站在老炕前叙说往事，直惊得随行的人张大嘴合不拢。而村里的侄孙辈也如听古。因为那两棵大树早已被砍掉，河已不再。只有旧窑在，寂寞忆香椿。

出了院子，大门外还有两棵树，一棵是槐树，另一棵也是槐树。大的那棵特别大，五六个人也搂不住，在孩子们眼中就是一座绿山，一座树塔。长记小树下总是拴着一头牛或一匹马。主干以上，枝叶重重叠叠，浓得化不开。上面有鸟窝、蛇洞，还寄生有其他的小树、枯藤，像一座古旧的王宫。而爬小槐树，则是我们每天必修的功课。隐身于树顶的浓荫中，做着空中迷藏。槐树枝极有韧性，遇热可以变形。秋天，大人们会在树下生一堆火，砍下适用的枝条，在火堆里煨烤，制作扁担、镰把、担钩、木杈等农具，而孩子们则兴奋地挤在火堆旁，求做一副精巧的弹弓架或一个小镰把。有树必有动物。现在，野生动物事业，就归国家林业局来管。村里的野物当然也不离古树。各种鸟就不用说了，松鼠、黄鼠狼、獾子、狐狸的造访是家常便饭。夏天的一个中午，正日长人欲眠，突然老槐树上掉下一条蛇，足有五尺多长，直挺挺地躺在树荫中。一群鸡，虽以食虫为天职，但还从未见过这么大的虫子，一时惊得没有了主意，就分列于蛇的两旁，圆瞪鸡眼，死死地盯着它。双方相持了足有半个时辰。这时有人吃完饭在河边洗碗，就随手将半碗水泼向蛇身。那蛇一惊，嗖地一下蹿入草丛，蛇鸡对阵才算收场。现在，就是到动物园里，也看不到这样的好戏。

还有一天的晚上，我一个叔叔串门回来，见树下卧着一个黑影，便上去踢了一脚，说："这狗，怎么卧在当道上！"不想那"狗"嗖地翻身逃去。星光下分明是一只狼。大约是来河边喝水，顺便在树下小憩片刻。第二天听了这故事，很令人神往，我们决心去找这只狼。长期在农村，早得了关于狼知识的秘传：铜头、铁身、麻秆腿。腿是它的最弱项。傍晚时分，四五个孩子结伴向村外走去。随身带上镰刀、斧头、绳子，这都是平时帮大人打柴的家什。大家七嘴八舌，说见了狼，我先用镰刀搂腿，你用斧砍，他用绳捆。正说得热闹，碰见一个大人，问："去干什么？"答："去找狼。"大人厉声训斥道："天快黑了，你们还不都喂了狼？给我回去！"我们永远怀念那次未遂的捕狼壮举。

出大门外几十步即一条小河。流水潺潺，不舍昼夜。河边最热闹的场景是洗衣。在没有自来水和洗衣机之前，这是北方农村一道最美丽的风景。是家务劳动，也是社交活动，还是一种行为艺术。女人和孩子们是主角，欢声笑语，热闹非凡。许多著名的文艺作品都喜欢借用洗衣这个题材，如藏族舞蹈《洗衣歌》，歌剧《小二黑结婚》等。我们山西还有一首原汁原味的民歌就叫《亲圪蛋下河洗衣裳》。印象最深的是河边的洗衣石，有黑、红、青各色，大如案板，溜光圆润。这是多少女子柔嫩白净的双手，蘸着清清的河水，经多少代的打磨而成的呀。河边总是笑声、歌声、捶衣声，声声入耳。偶尔有一两个来担水的男子，便成了女人们围攻的目标。现在想来，那洗衣阵中肯定有小二黑、小青、亲圪蛋等。洗好的衣服就晒在岸边的草地上，五颜六色，天然图画。

我们常在河边的青草窝里放羊，高兴时就推开羊羔，钻到羊肚子下吸几口鲜奶，很是享受。那时也不懂什么过滤、消毒。清明前后，暖风吹软了柳枝，可退下一截完整的树皮管，做成柳笛，呜哇呜哇地乱吹。大人不洗衣时，我们就在这洗衣石上玩泥，或坐上去感受它的光润。那时洗衣用皂角，村里一棵硕大的皂角树，一季收获，够全村人用上一年。皂角在洗衣石上捶碎后，它的种子会随河水漂落到岸边的泥土里，春天就长出新的皂角苗。小村庄，大自然，草木之命生生不息，孩子们的心里阳光满地。大家比赛，看谁发现了一株最大的皂角苗，然后连泥捧起种到自家的院子里。可惜，这情景永不会再有了，前几年开煤矿破坏了地下水，村里的三条河全部干涸，连河床都已荡平，树也没了踪影。洗衣歌、柳笛声都已成了历史的回声。

忆童年，最忆是黄土。我的老乡，前辈诗人牛汉，就曾以敬畏的心情写过一篇散文《绵绵土》。村里人土炕上生，土窑里长，土堆里爬。家家院里有一个神龛供着土地爷。我能认字时就记住了这副对联，"土能生万物，地可载山川"。黄土是我的襁褓，我的摇篮。农村孩子穿开裆裤时，就会撒尿和泥。这几年城里因为环保，不许放鞭炮，遇有喜事就踩气球，都市式的浪费。且看当年我们怎样制造声响。一群孩子，将胶泥揉匀，捏成窝头状，窝要深，皮要薄。口朝下，猛地往石上一摔，泥点飞溅，声震四野，名"摔响窝"。以声响大小定输赢，以炸洞的大小要补偿。输者就补对方一块泥，就像战败国割让土地，直到把手中的泥土输光，俯首称臣。这大概源于古老的战争，是对土地的争夺。孩子们虽个个溅成了泥花脸，仍乐此不疲。这场景现在也没有了，村子成了空壳村，新盖的小学都没有了学生。空空新教室，来回燕穿梭。村庄没有了孩子，就没有了笑声，也没有人再会去让泥巴炸出声了。

农家的孩子没有城里人吃的点心，但他们有自己的土饼干。不是"洋"与"土"的土，是黄土地的"土"。在半山处取净土一筐，砸碎、细筛、炒热。将发好的面拌入茴香、芝麻，切成条节状，与土混在一起，上火慢炒至熟，名"炒节子"。然后再筛去细土，挂于篮中，随时食用。这在城里人看来，未免有点脏，怎么能吃土呢？但我们就是吃这种零食长大的。一种淡淡的土味裹着清纯的麦香，香脆可口。天人合一，五行对五脏，土配脾，可健脾养胃，村里世代相传的育儿秘方。

从春到夏，蝉儿叫了，山坡上的杏子熟了，嫩绿的麦苗已长成金色的麦穗，该打场了。场，就是一块被碾得瓷实平整的圆形土地。是粮食从地里收到家里的最后一道程序，再往下就该磨成面，吃到嘴里了。割倒的麦子被车拉人挑，铺到场上，像一层厚厚的棉被，用牲口拉着碌碡，一圈一圈地碾压。孩子们终于盼到一年最高兴的游戏季，跟在碌碡后面，一圈一圈地翻跟头。我们贪婪地亲吻着土地，享受着燥热空气中新麦的甜香。一次我不小心，一个跟头翻在场边的铁耙子上，耙齿刺破小腿，鲜血直流。大人说："不碍，不碍。"顺手抓起一把黄土按在伤口上，就算是止血了。至今还有一块疤痕，留作了永久的纪念。也许就是这次与土地最亲密的接触，土分子进入了我的血液，一生不管走到哪里，总忘不了北方的黄土。现在机器收割，场是彻底没有了，牲口也几乎不见了，碌碡被可怜地遗弃在路旁或沟渠里。有点"九里山前古战场，牧童拾得旧刀枪"的凄凉。

没有了，没有了。凡值得凭吊的美好记忆都没有了。只能到梦中去吃一次香椿炒鸡蛋，去摔一回泥巴、翻一回跟头了。我问自己，既知消失何必来寻呢？这就是矛盾，矛盾于心成乡愁。去了旧事，添了新愁。历史总在前进，失去的不一定是坏事。但上天偏教这物的逝去与情的割舍，同时作用在一个人身上，搅动你心底深处自以为已经忘掉的秘密。于是岁月的双手，就当着你的面将最美丽的东西撕裂。这就有了几分悲剧的凄美。但它还不是大悲、大恸，还不至于呼天抢地，只是一种温馨的淡淡的哀伤。是在古老悠长的雨巷里"逢着一个丁香一样的结着愁怨的姑娘。"乡愁是留不住的回声，捕捉不到的美丽。

那天回到县里，主人问此行的感想。我随手写了四句小诗：

何处是乡愁，

云在霍山头。

儿时常入梦，

杏黄麦子熟。

（《作家文摘》2017年总第2032期，摘自2017年3月29日《人民日报》）

相遇老建筑

秦文君

    建筑犹如一把尺子，能衡量历史和文化，衡量人类对美的理解，不同时代的趣味，衡量人心。我对建筑是门外汉，可以说我的尺子是自制的，不标准，但上海的老建筑中有一些曾与我的生命和生活轨迹默默相连，我的尺子只听从我内心的声音。

    外白渡桥是我人生中最重要的桥，除了它，我没有用情更深的桥了。我出生那会儿，父母住东大名路325号，紧挨着外白渡桥，从满月后的第一天起，我就被父亲抱出来认识这座桥，以后的那几年，开门见桥，它成了我幼年最亲切的景象，很多梦里都有它。后来搬离了，去新的寓所之前，父母郑重地为我和桥合影留念，照片就贴在新家醒目的地方。在我的心目中，这座古老的桥是看着我长大的长者，也是我精神成长的见证。1971年，我去黑龙江上山下乡，离开上海之前去了一趟外白渡桥，和它告别，对它诉说难言的迷惘。年轻的时候，每个人要确立自我，寻找自己的位置，当时我没有找到方向，却面临背井离乡，成了最心痛的人，而肃立的外白渡桥给了我无言的情感支持。

和我童年生活有关的老建筑还有文庙。当时外婆住在净土街29号，那是一幢有年头的石库门房子，大门黑漆厚木，门上有圆圆的铜环一副。进大门是一个小天井，有客堂间，二楼有安静的内室和厢房。感觉这种建筑的好处是保持对外封闭的合围，身居闹市，大门紧闭就自成一统，好像一个独立王国。

只是通往二楼的楼梯太过狭窄，笔直的。外婆是小脚，不知她老人家多年来是怎么来回从底楼攀登到楼上的。每次我去探望她，外婆都会殷切地要我陪她一起吃饭，桌子上放满了小碟子小碗，种种菜肴，她还要从瓶瓶罐罐里倒出储存的苔条花生、龙头烤什么的。

有时去的时候挨不到饭点，外婆和我说上三两句话，会急巴巴地到附近的小桥头买点心招待我，有时是一客酒酿小圆子，有时是一对糯米油墩子，一甜一咸。有时是生煎馒头，锅贴这一类的，哪怕我刚吃了午饭也要接受。不让买不行，外婆讲究礼数，有客人到，都要走一下吃饭或者吃点心的程序，老少无欺，不然她老人家于心不安。

吃饱了，和外婆说一会儿家常，我会和邻居家的孩子一起去文庙玩。

上海文庙是祭祀儒家文化创始人孔子的，有一个庙学合一的古建筑群。那时的我并不会体味到其中源远流长的儒家文化，只是暗地里仰慕这曾是古代上海的最高学府。还知道文庙好玩，地方大，还能在园子里找到新鲜的花草和飞虫。

文庙对外开放的时间不多，我和小伙伴们只好各显神通，有的趁大人不备溜进去，有的冒险翻墙，还有的用其他混进去的方式，反正一帮人最后都能在里面碰头，曲折的过程更让人觉得意趣盎然。其实小伙伴们对文庙里著名的三顶桥、大成殿、崇圣祠、明伦堂、魁星阁等建筑不在意，还奇怪大人为什么都喜欢魁星阁。我们往往会在魁星阁前的池塘及石桥边玩。印象中，魁星阁老是在修葺中，成年后才了解它是中国木构架结构的典型，体现了古代完美的结构工艺。

有一年深秋，下雨的日子，我们去文庙，守门的人并不在，小伙伴们全大摇大摆进去了。那天，文庙像是被我们几个包场了。在无比安静的环境里，我第一次发现里面的荷花池很美，在雨天里有一种特别的韵味，也许是添入了文庙的底气和文脉，有古诗里"留得残荷听雨声"的境界。

当然，哪一次去文庙也不会忘记在文庙附近逛上几圈，看看旁边书摊上的古书，沾一点文气，淘回来几张外国邮票，还有泛黄的小人书，都有烟纸店的封存已久的气味。

后来，净土街的石库门房子拆了，外婆家搬走。从此说起南市区，说起老西门，我唯一的牵挂好像就是文庙了。

多少年后，我调入出版社工作，有一次为了取稿费，去新华路上找邮局。明明是第一次抵达，感觉却熟稔到极点，呼之欲出的亲切。觉得这条路很是通透，干干净净的，沿街的小洋房把明媚的花园向外敞开着，宁静安谧之中又有着俏丽单纯。尤其是弄堂里的那些老建筑群，令我兜兜转转，在那一带走了好久，总感觉哪里有隐隐的琴声在招呼我。

从一个小寺庙发展而来的新华路被称为"外国弄堂"，那里有英国乡村式花园住宅，白色的粉墙露出黑色的木框架。有法式风情风格建筑，布局上突出轴线的对称，恢宏的气势，廊柱、雕花、线条，制作工艺精细考究，屋顶上多有精致的老虎窗。这一群老洋房，多带有庭院，庭院四周植物茂密，成为主角，房子好像成了绿树中的美妙点缀。

为了这份好感，我把家搬到了附近，从此把这条路看成"自己的地方"。我爱在夜间散步，新华路的夜晚如散淡柔美的美少女，灯光下有优越的风情，比白天迷人多了。

一座城市要有骄人面貌和深厚的底蕴，最金贵的东西有两条：文化品位和历史沿革。横跨世纪的上海的优秀老建筑已经越来越少了，它们真是应该被当成一颗颗亮丽的珠子这么精心衬托的。

（《作家文摘》2015 年总第 1834 期，摘自 2015 年 4 月 26 日《解放日报》）

前方是文峰塔

李佩甫

　　原本在日子里拴着，接了冻凤秋一个电话，无端地就想起了家乡。六十多年过去了，拆拆建建，怕也认不得回家的路了。

　　早年，那是一座小城。城虽小，却有满城的荷花，还有木桥。记得童年里在木桥上一板一板走，吱吱呀呀的，走出了很多童趣和岁月的吱扭声。

　　依小，在古槐街小学上学。（那里还有古槐吗？）走衙前街，过寇家巷子，走一条很窄很长的弓线胡同，来到小十字街，（再往前走就是大十字街，有国营的"大"饭店和一街两行的招牌，）街口上有卖糖葫芦串的，斗着眼儿，哑声吆喝。也就巴巴嘴，好像五分钱一串，买不起的。看看。看那插成树状的红果。很酸，是吧？

　　六十年后，仍看见那个孩子在胡同里走，一个人，背着个书包。那书包是母亲手工缝的，毛蓝布，背起来松松垮垮；人也呆呆的，像个傻斑鸠。他的世界是：一分钱两个青色的杏蛋儿，两分钱一块橡皮。每日里在同一条胡同里走，他不知道自己会走向何处。

　　他出身于工人家庭，生活在一个大杂院里。一家五六口人，父亲一个月只有四十五块钱的工资，着实是很紧迫的。少时，作为长子，他很想像别家的孩子一样做一点儿什么，给家里分点忧。于是，在一个暑假里，他求母亲央人做了一个小木箱子，用白漆漆了，上边写了两个红色的大字：冰糕。尔后钉上带子，在冰糕站里赊了五十个冰糕，就这么背着，卖冰糕去了。这也是他此生第一次（也是最后一次）做生意。初时，他很兴奋，很有勇气的。也算过一笔小账：一个冰糕挣二分钱，那么，五十个冰糕就可以挣到一块钱。一天若是能挣一块钱，一个暑期该是……这是个大数！五十个冰糕背在身上沉甸甸的。可他一点也不在意，出门时兴嘟嘟的，大步流星。

出太平里，过草帽街，经察院进榆柳街，再拐到校场街，可走着走着，脚步就慢下来了。天哪，他不会吆喝！卖冰糕是得大声吆喝的，你不吆喝谁会买哪？他鼓足勇气试了几次，喉咙像是谁卡住了似的，仍然喊不出来。太丢人了！于是再往前走，走到一个没人的地方，他终于撕破脸皮，大声吆喝了两声：冰糕！冰糕！就这么一会儿，泪都下来了。长叹一声，我是一个多么无用的人哪。

再走，就有些荒唐了。他专找人少的地方去。从引龙街到藏家胡同，尔后是魏家胡同，井巷街，大王胡同，小王胡同，九曲街……一路上像做贼一样，见了人小声问：要冰糕吗？五分钱一支。有时，也会破罐破摔一般地豁出去：冰糕！冰糕！可四下看看，却没有人。可就这么走着走着，竟走到火车站来了。不是站台，不是人多的地方，而是站台的对面，隔着十几条破轨！于是，他就跨上了铁道，站在两条伸向远方的铁轨中间，独自一人，愤愤地往前走。他哭了，一边哭一边大声地吆喝：冰糕！冰糕！

夕阳西下，太阳落下来了，西天里一片炼狱一般的红烧。当他走下铁轨，又往前走了一段之后，就这么误打误撞的，抬起头，他已经来到了（那时的）郊外。于是，他看到了那个地方。在霞光里，它高高矗立，显得十分巍峨……可他却走不到了。他的冰糕化了，正一滴一滴地往下淌水。

在时间中，当我白发苍苍，当那一条条街巷都成了记忆，我仍然仰望着那个地方。在霞光里，它显得十分巍峨……是啊，正是这些朋友们记述小镇的一篇篇文章勾起了我的记忆。在这里，他们的文字成了一丛一丛的火炬。它既然点燃了我，就可以点燃更多的人。我相信，这里的朋友们是可以走到那个地方去的。让我们努力吧。

那个地方是——文峰塔。

（《作家文摘》2020 年总第 2382 期，摘自 2020 年 10 月 26 日微信公众号"三毛部落"）

活在身体里的故乡

席慕蓉

海马回里的蒙古高原

1989 年 8 月底，我上蒙古高原，从张北开始上，高原就像往上的坡，一层平的，再一段有坡度。突然，草原出现了，一下子，在你前面铺得无限远。

我当时坐着北京吉普。1989 年的北京吉普，马力很大，司机是快车手。我觉得一下进到了草原的中间，我被草原环抱起来。我那个时候就开始叫起来了："我来过，我来过，我见过！"

后来别的朋友问我："你第一次踏上高原有什么感觉？"

我说："我觉得好像走在自己的梦里，那种似曾相识的梦里。"

2014 年 10 月，诺贝尔生理学或医学奖颁发给三个人，他们发现人的大脑里有杏仁核，管情绪的，还有海马回，管记忆的。诺贝尔委员会的声明称，这三位科学家的发现解决了哲学家几百年都没有解决的疑惑：我们去过一个地方，第二次去时怎么就不用带地图了。让我们所有生命之道——空间方位、空间认知，准备什么呢？准备好知识以后，重临旧地——很美的，像诗一样。

原来，在海马回里储存的记忆，除了人出生以后的记忆，还包括先祖的一层一层记忆（集体无意识）。

是不是有一个故乡在跟着我们走

当我站在蒙古高原，站在父亲生活过的草原上，包括后来我站在大兴安岭，站在呼伦贝尔，站在任何有蒙古族痕迹的地方时，只要是没有被毁坏过的，它就好像一泓清泉，解我心里的渴。我心里有一种自己不知道的焦渴，必须看到这样的风景；我就觉得我不能走开，一定要看，一定要努力地看，才可以解心里面的渴。

所以，一切就有了解释：当我站在草原上，我觉得似曾相识的原因是什么？是我的基因，在我的海马回里，祖先曾经见过的草原，所有相关的信息，在我到了草原那一刻，全部苏醒过来。所以好像重临旧地，重温旧梦，所以我觉得好像是走在梦里，走在祖先的梦里。

这样一个科学的发现，让我觉得，别人可能看到我有时候爱哭，有时候人来疯，觉得我是一个不可救药的疯狂的人，其实不是。我一说到蒙古高原，一说到乡愁，就流泪，别人觉得我是一个易感伤的人，也不是。还有别的东西，在我们的身体里支配我们。

每当讲到内蒙古，我流泪的时候，是不是有一个故乡在跟着我们走？无论走到哪里去，那个故乡都还活在我们的身体里面？

蒙古马的乡愁

2014 年 9 月，我去位于呼和浩特的内蒙古博物院演讲，拜访了一位很早就认识的朋友恩和教授。他跟我说了一个蒙古马的故事。

他说，马也有记忆和对故乡的想念，它的乡愁，和人是一样的。

1972 年，一位内蒙古著名画家到越南参加艺术家的例会。一天，很多艺术家聚在海边草地上聊天。这时，他看到远远有一匹马一边望着他，一边在吃草，他也没有特别在意。但是，大家注意到，那匹马直直地就向这位画家走过来。这时，画家也察觉到了，仔细看了马一眼，才看出来这是一匹蒙古马。这是一匹白马，虽然很脏了，但画家还是认出这是一匹蒙古马。当时，大家都想拦住这匹马，不让它走过来。但是不知道为什么，这匹马虽然骨瘦如柴，力气却大得不得了，一定要向画家走过去。那个西装革履的内蒙古画家抱住这匹又是眼泪又是鼻涕的蒙古马，摸着马的头、拍着它的颈说："你怎么认出我来的？你怎么认出我来的？"

他的激动，我想我们都可以料想得到：这匹马知道——你是从故乡来的，你可不可以带我回故乡去？当时这个画家没有能力把这匹马带回去，只能抚摩着它。后来画家在回忆录里，用了很大篇幅表达对这匹马的愧疚。他把这样一匹蒙古马的乡愁，讲给所有的蒙古同胞听。

（《作家文摘》2016 年总第 1980 期，摘自《散文·海外版》2016 年第 2 期）

故乡的路，很短，也很长

苏　童

在我的字典里，故乡常常是被缩小的，有时候仅仅缩小成一条狭窄的街道，有时候故乡是被压扁的，它是一片一片记忆的碎片，闪烁着寒冷或者温暖的光芒。所谓我的字典，是一本写作者的字典，我需要的一切词，都经过了打包处理，便于携带，包括故乡这个沉重而庞大的字眼。

每个人都有故乡，而我最强烈的感受是，我的故乡一直在藏匿，在躲闪，甚至在融化，更重要的是，它是一系列的问号，什么是故乡？故乡在哪里？问号始终打着，这么多年了，我还在想象故乡，发现故乡。

1982 年夏天，在一条名叫齐门外大街的街道上居住了二十多年之后，在把四个子女都养大成人之后，我父母乔迁新居，从苏州城最北端的那条老街上继续往北五百米，过一座桥，再穿越一条很短很狭窄的街道，左手边是我母亲工作的水泥厂，右手边的工厂宿舍楼就是他们的新家。这次乔迁的直线距离，没有超过八百米，当时我在北京上大学，在千里之外，对新家充满了热情的想象，因为那是新工房，在三层楼上，新居的高度和抽水马桶、阳台之类的东西已经让我足够兴奋。我清楚地记得暑假回家的第一个下午，我在新居的阳台上眺望着远近的风景，怀着一种新生的心情。远的风景，正面方向是水泥厂工厂区白色的大烟囱和水泥窑，侧面远眺，能看见一家炭黑厂黑色的烟囱和黑色的厂房，在水泥窑的后面，有京沪铁路通过，可惜水泥窑能看见铁路和火车，我看不见。我从小生活的旧屋，其实就在东南方向八百米处，我视线能及的地方，但是其他的房屋挡住了那旧屋，我什么也看不见。那是很多年来我们家的第一次搬迁，是在对环境污染一无所知的年代里，我们从一家化工厂的对面搬到一家水泥厂和一家炭黑厂之间，从苯干生产污染的空气里扑向水泥粉尘和炭黑粉尘的怀抱。空气质量对我们每一个家庭成员并没有太多的妨碍，唯一的问题是日常生活的直径改变了，正负八百米，我父亲去市中心上班，骑自行车要多走八百米，我母亲上班少走八百米，可是去看望我外祖母和舅舅舅母们要多走八百米。对我来说，八百米是一次直径的扩展，美中不足的是这次扩展规模太小，我的生活从一条街到另外一条街，仅仅延伸八百米，不能遗忘什么，也不能获得什么。那年夏天，我第一次意识到了故乡这个字眼，可是我所想象的故乡似乎并不存在于这八百米的世界里。

八百米成为一个象征，就像一个人发现故乡的路，很短，也很长。

八百米的世界，对我们一家，曾经是一种宿命。唯一不同的是1982年夏天的搬迁，让我母亲的这个家族分开了，分开八百米，不算很远，但也不很近。这使我母亲在腌咸菜的季节里格外头痛，腌菜的大缸没法搬到新居里去，而且，我母亲特别信任我二舅的脚，认为只有他踩出来的腌菜才好吃，现在，缸没有了，踩缸的"脚"

也不在身边，只好放弃腌菜了。搬家也给我造成了一点麻烦，明显大于腌菜的麻烦。我要听从母亲的吩咐，走亲戚，暑假或者春节，每年最起码两次，要走八百米的路，回到旧屋去，见过我的外祖母，见过我的大舅大舅母和二舅二舅母，我从 127 号一个大家庭的一员，变成了一个亲戚，一个客人。这种新的身份让我感到新奇，又很不自在。而我家的房子，由于是公房，已经被调配给了一个陌生的家庭。我好奇地打量过从前的家，非常怅然地发现，那确实不是我的家了，那户人家粉刷了墙壁，改变了房子的格局，也改变了我母亲家族聚居的格局，不是陌生人融入了这个家族，就是这个家族融入了陌生人的生活。

而我们这个家族，最初就是这个街区的陌生人。我父母是从镇江地区扬中岛上来到苏州的移民。在 20 世纪 80 年代以前，我所有的身份资料上的籍贯一栏，填写的是扬中县；籍贯填写成苏州，是 80 年代以后的要求，这个要求忽略了父辈的来历，强调了出生地的重要。自此，我的身份才与苏州发生如此紧密的联系。

我们这个家族有点特别，几家人聚拢在一起，在一个新的居留地过着家族式的生活，似乎就是为下一代更改故乡的名字。但故乡的名字是不容易改变的，我们家周围的邻居，大多是苏州的老居民，他们早已接纳了我们这个家族，但是，对于我们 127 号和 125 号的日常生活，毕竟是有点好奇的，而语言问题"首当其冲"。语言在我们这个家族里无法统一，我外祖母不会说苏州话，我大舅母不会说扬中话，我的父母和舅舅们则交替使用家乡方言和苏州话——他们互相之间用家乡话交流，对孩子们对外人都说流利的苏州话。

长辈们的家乡方言，在很长一段时间里让我们这些孩子感到恐惧，就像一个隐私，唯恐给外人听到，可惜的是，这隐私无法藏匿，因为长辈们从不以他们的家乡为耻。扬中岛的方言，听起来接近苏北话，而苏州这个城市的市民文化与上海相仿，地域歧视从来都是存在的，苏北话历来被众人所不齿，尤其是我的姐姐和表姐们，一旦与别的女孩子发生口水仗，必然会因为长辈们的口音受牵连。无论她们怎么强调扬中岛位于扬子江江心，属于镇江地区，镇江地区是在江南，与苏北无关，怎么强调都是无济于事。通常她们得到的回答是："镇江话也是苏北话，不管你们的老家在江南还是江北，反正你们不是苏州人，是苏北人！"

我们家的下一代，都为上一代的家乡辩解过，为地理位置辩解，为语音所属方言辩解，出于虚荣心，或者就是出于恼怒，当你为父母的口音感到恼怒时，你如何体会故乡这个字眼带来的荣耀？相反，下一代体验的是一种隔绝故乡和遗忘故乡的艰难。说到底，孩子们是没有故乡的，更何况，是我们这些农村移民的孩子。

失散，团聚，再失散，是我母亲的家族在扬中苏州两地迁徙生息的结局，没有土地的家族将永远难逃失散的命运。我母亲的家族在几十年的艰难时势里一直聚合在一起，是一个亲密的家族圈的生活，但最终，在一个快速发展变化的时代里，一切烟消云散，这个家族的第一代第二代，还有第三代，最后是失散了。五年前，随着苏州齐门外大街的拆迁重建，我的大舅和三舅妈都被安置在了别的居民小区。同样的，由于亲戚关系的不可避免的疏远，我甚至从来没有去过他们的新家，我在苏州城里有好多表姐表哥，但我不知道他们住在哪个地方。他们的孩子纷纷到南京来求学，我设法找到他们，把这些年轻的大学生叫到家里来，吃一顿丰盛的晚餐，晚餐过后，接到那些表姐的电话，是致谢的电话，之后，又恢复漫长的疏远，联系中断了。我童年时代热闹的家族圈生活完全萎缩了，家族对于我来说，仅仅是由直系亲属组成，每次回到苏州，我的足迹仅限于我父亲的家、我兄弟姐妹的家，甚至他们都不在一个屋檐下生活，每一家之间的距离都很遥远，远远超过八百米。对我来说，超过八百米，故乡便开始模糊，开始隐匿，至此，我的八百米的故乡已经漂浮不见了。

所以我说，这么多年了，我还在想象故乡，发现故乡。

我去了我父母的故乡扬中，满眼生疏，父辈在此留下的痕迹已经无从追寻。我现在回到苏州，回至苏州城北，我以前曾经有过的八百米故乡，什么都不见了，只留下两座清代同治年间的石拱桥，一南一北，供人们凭吊。我发现在拆除了古旧的房屋之后，城北地区变得很空旷，同时也很小，那两座桥之间，现在看起来，八百米也不到！

所以，我怀疑我的八百米故乡也仅仅是错觉。我内心需要一个多大的故乡？我需要的故乡究竟在哪里？我知道吗？也许我并不知道。所以我说，直到现在，我还一直在想象故乡，发现故乡。

（《作家文摘》微信公众号 2017 年 4 月 17 日）

住多久才算是家

刘亮程

　　我喜欢在一个地方长久地生活下去——具体点说，是在一个村庄的一间房子里。如果这间房子结实，我就不挪窝地住一辈子。一辈子进一扇门，睡一张床，在一个屋顶下御寒和纳凉。如果房子坏了，在我四十岁或五十岁的时候，房梁朽了，墙壁出现了裂缝，我会很高兴地把房子拆掉，在老地方盖一幢新房子。

　　我庆幸自己竟然活得比一幢房子更长久。只要在一个地方久住下去，你迟早会有这种感觉。你会发现周围的许多东西没有你耐活。树上的麻雀有一天突然掉下一只来，你不知道它是老死的还是病死的；树有一天被砍掉一棵，做了家具或当了烧柴。陪伴你多年的一头牛，在一个秋天终于老得走不动。算一算，它远没有你的年龄大，只跟你的小儿子岁数差不多，你只好动手宰掉或卖掉它。

　　一般情况，我都会选择前者。我舍不得也不忍心把一头使唤老的牲口再卖给别人使唤。我把牛皮钉在墙上，晾干后做成皮鞭和皮具；把骨头和肉炖在锅里，一顿一顿吃掉。这样我才会觉得舒服些，我没有完全失去一头牛，牛的某些部分还在我的生活中起着作用，我还继续使唤着它们。尽管皮具有一天也会磨断，拧得很紧的皮鞭也会被抽散，扔到一边。这都是很正常的。

甚至有些我认为是永世不变的东西，在我活过几十年后，发现它们已几经变故，面目全非。而我，仍旧活生生的，虽有一点衰老迹象，却远不会老死。

早年我修房后面那条路的时候，曾想这是件千秋功业，我的子子孙孙都会走在这条路上。路比什么都永恒，它平躺在大地上，折不断、刮不走，再重的东西它都能禁住。

有一年，一辆大卡车开到村里，拉着一满车铁，可能是走错路了，想掉头回去。村中间的马路太窄，转不过弯。开车的师傅找到我，很客气地说要借我们家房后的路倒一倒车，问我行不行。我说没事，你放心倒吧。其实，我是想考验一下我修的这段路到底有多结实。卡车开走后我发现，路上只留下浅浅的两道车轱辘印。这下我更放心了，暗想，以后即使有一卡车黄金，我也能通过这条路运到家里。

可是，在一年后的一场雨中，路却被冲断了一大截，其余的路面也被泡得软软的，几乎连人都走不过去。雨停后，我再修补这段路面时，已经不觉得道路永恒了，只感到自己会生存得更长久些。以前我总以为一生短暂无比，赶紧干几件长久的事业留传于世；现在倒觉得自己可以久留世间，其他一切皆如过眼烟云。

我在调教一头小牲口时，偶尔会脱口骂一句"畜牲，你爷爷在我手里时多乖、多卖力"。骂完之后忽然意识到，又是多年过去。陪伴过我的牲口、农具已经消失了好几茬，而我还这样年轻有力、信心十足地干着多少年前的一件旧事。多少年前的村庄又浮现在脑海里。

如今，谁还能像我一样幸福地回忆多少年前的事呢？那匹三岁的儿马，一岁半的母猪，以及路旁林带里只长了三个夏天的白杨树，它们怎么会知道几十年前发生在村里的那些事情呢？它们来得太晚了，只好遗憾地生活在村里，用那双没见过世面的稚嫩眼睛，看看眼前能够看到的，听听耳边能够听到的。对村庄的历史却一无所知，永远也不知道这堵墙是谁垒的，那条渠是谁挖的。谁最早蹚过河开了那一大片荒地，谁曾经乘着夜色把一大群马赶出村子，谁总是在天亮前提着裤子翻院墙溜回自己家里……这一切，连同完整的一大段岁月，被我珍藏了。成了我一个人的。除非我说出来，谁也别想再走进去。

当然，一个人活得久了，麻烦事也会多一些。就像人们喜欢在千年老墙万年石壁上刻字留名以求共享永生，村里的许多东西也都喜欢在我身上留印迹。它们认定我是不朽之物，咋整也整不死。我的腰上至今还留着一头母牛的半只蹄印。它把我从牛背上掀下来，朝着我的光腰杆就是一蹄子。踩上了还不赶忙挪开，直到它认为这只蹄印已经深刻在我身上了，才慢腾腾地移动蹄子。我的腿上深印着好几条狗的紫黑牙印，有的是公狗咬的，有的是母狗咬的。它们和那些好在文物古迹上留名的人一样，出手隐蔽敏捷，防不胜防。我的脸上身上几乎处处有蚊虫叮咬的痕迹，有的深，有的浅。有的过不了几天便消失了，更多的伤痕永远留在身上。一些隐秘处还留有女人的牙印和指甲印儿。而留在我心中的东西就更多了。

我背负着曾经与我一同生活过的众多事物的珍贵印迹，感到自己活得深远而厚实，却一点儿不觉得累。有时在半夜腰疼时，想起踩过我的已离世多年的那头母牛，它的毛色和花纹，硕大无比的乳房和发情季节亮汪汪的水门；有时走路腿困时，记起咬伤我的一条黑狗的皮，还展展地铺在我的炕上，当了多年的褥子。我成了记载村庄历史的活载体，随便触到哪儿，都有一段活生生的故事。

在一个村庄活得久了，就会感到时间在你身上慢了下来，而在其他事物身上飞快地流逝着。这说明，你已经跟一个地方的时光混熟了。水土、阳光和空气都熟悉了你，知道你是个老实安分的人，多活几十年也没多大害处。不像有些人，有些东西，满世界乱跑，让光阴满世界追他们。可能有时他们也偶尔躲过时间，活得年轻而滋润。光阴一旦追上他们就会狠狠报复一顿，一下从他们身上减去几十岁。事实证明，许多离开村庄去跑世界的人，最终都没有跑回来，死在外面了。他们没有赶回来的时间。

平常我也会自问：我是不是在一个地方生活得太久，土地是不是已经烦我了？道路是否早就厌倦了我的脚印？虽然它还不至于拒绝我走路。事实上我有很多年不在路上走了，我去一个地方，照直就去了，水里草里。一个人走过一些年月后就会发现，所谓的道路不过是一种摆设，供那些在大地上瞎兜圈子的人们玩耍的游戏。它从来都偏离真正的目的。不信去问问那些永远匆匆忙忙走在路上的人，他们走到自己的归宿了吗？没有。否则他们不会没完没了地在路上转悠。

而我呢，是不是过早地找到了归宿，多少年住在一间房子里，开一个门，关一扇窗，跟一个女人睡觉？是不是还有另一种活法，另一番滋味？我是否该挪挪身，面朝一生的另一些事情活一活？就像这幢房子，面南背北多少年，前墙都让太阳晒得发白脱皮了。我是不是把它掉个个儿，让一向阴潮的后墙根也晒几年太阳？

这样想着，就会情不自禁在村里转一圈，果真看上一块地方，地势也高，地盘也宽敞。于是动起手来，花几个月时间盖起一院新房子。至于旧房子嘛，最好拆掉，尽管拆不到一根好檩子，一块整土块。毕竟是住了多年的旧窝，有感情，再贵卖给别人也会有种被人占有的不快感。墙最好也推倒。留下一个破墙圈，别人会把它当成天然的茅厕，或者用来喂羊圈猪，甚至会有人躲在里面干坏事。这样会损害我的名誉。

当然，旧家具会一件不剩地搬进新房子，柴火和草也一根不剩拉到新院子。大树砍掉，小树连根移过去。路无法搬走，但不能白留给别人走。在路上挖两个大坑。有些人在别人修好的路上走顺了，老想占别人的便宜，自己不愿出一点力。我不能让那些自私的人变得更加自私。

我只是把房子从村西头搬到了村南头。我想稍稍试验一下我能不能挪动。人们都说：树挪死，人挪活。树也是老树一挪就死，小树要挪到好地方会长得更旺呢。我在这块地方住了那么多年，已经是一棵老树，根根脉脉都扎在了这里，我担心挪不好把自己挪死。先试着在本村里动一下，要能行，我再往更远处挪动。

可这一挪，麻烦事跟着就来了。在搬进新房子的好几年间，我收工回来经常不由自主地回到旧房子，看到一地的烂土块才恍然回过神。牲口几乎每天下午都回到已经拆掉的旧圈棚，在那里挤成一堆；我所有的梦也都是在旧房子。有时半夜醒来，还当是门在南墙上；出去解手，还以为茅厕在西边的墙角。

不知道住多少年才能把一个新地方认成家。认定一个地方时，或许人已经老了，或许到老也无法把一个新地方真正认成家。一个人心中的家，并不仅仅是一间属于自己的房子，而是你长年累月在这间房子里度过的生活。尽管这房子低矮陈旧，一贫如洗，但堆满房子角角落落的那些黄金般珍贵的生活情节，只有你和你的家人共拥共享，别人是无法看到的。走进这间房子，你就会马上意识到：到家了。即使离乡多年，再次转世回来，你也不会忘记回这个家的路。

我时常看到一些老人，在一些晴朗的天气里，背着手，在村外的田野里转悠。他们不仅仅是看庄稼的长势，也在瞅一块墓地。他们都是些幸福的人，在一个村庄的一间房子里，生活到老，知道自己快死了，在离家不远的地方，择一块墓地。虽说是离世，也离得不远。坟头和房顶日夜相望，儿女们的脚步声在周围的田地间走动，说话声、鸡鸣狗吠时时传来。这样的死没有一丝悲哀，只像是搬一次家。离开喧闹的村子，找个清静处待待。地方是自己选好的，棺木是早几年便吩咐儿女们做好的。从木料、样式到颜色，都是照自己的意愿去做的，没有一丝让你不顺心不满意。

唯一舍不得的便是这间老房子，你觉得还没住够，亲人们也这么说：你不该早早离去。其实你已经住得太久太久，连脚下的地都住老了，连头顶的天都活旧了。但你一点儿没觉得自己有多么"不自觉"。要不是命三番五次地催你，你还会装糊涂生活下去，还会住在这间房子里，还进这个门，睡这个炕。

我一直庆幸自己没有离开这个村庄，没有把时间和精力白白耗费在另一片土地上。在我年轻的时候、年壮的时候，曾有许多诱惑让我险些远走他乡，但我留住了自己。没让自己从这片天空下消失。我还住在老地方，所谓盖新房搬家，不过是一个没有付诸行动的梦想。我怎么会轻易搬家呢？我们家屋顶上面的天空，经过多少年的炊烟熏染，已经跟别处的天空大不一样。当我在远处，还看不到村庄，望不见家园的时候，便能一眼认出我们家屋顶上面的那片天空，它像一块补丁，一幅图画，不管别处的天空怎样风云变幻，它总是晴朗祥和地贴在高处，家安安稳稳坐落在下面。家园周围的这一窝子空气，多少年被我吸进呼出，也已经完全成了我自己的气息，带着我的气味和温度。我在院子里挖井时，曾潜到三米多深的地下，看见厚厚的土层下面褐黄色的沙子，水就从细沙中缓缓渗出；而在西边的一个墙角上，我的尿水年复一年已经渗透到地壳深处，那里的一块岩石已被我含碱的尿水腐蚀得变了颜色。看看，我的生命上抵高天，下达深地。这都是我在一个地方地久天长生活的结果。我怎么会离开它呢？

（《作家文摘》2016 年总第 1925 期，摘自微信公众号 tyzzz01）

卖了良心才回来

毛　尖

　　20世纪80年代有一本风靡中国大陆的小说，是陕西作家路遥写的《人生》。故事主人公高加林就像狄更斯《雾都孤儿》中的费金一样，人名变成了词汇。一个男青年，离开故乡进城，在城市里积极奋斗，城市女朋友立马把家乡的姑娘给比了下去，但是，城市不是那么容易站稳脚跟的，都市的陷阱又把他送回了原地。这样的男青年，我们统一称他为：高加林。

　　高加林引发过天南地北的讨论，关于乡村的梦想，关于城市的冷漠，关于现代化，关于爱情。他是活到今天的虚构人物，也是80年代最重要的文学形象之一。小说最后，被城市打败的高加林回到老家，原本绝望的他，发现故乡的亲人并没有嘲笑他，而他望着"满川厚实的庄稼，望着浓绿笼罩的村庄"，"单纯而又丰富的故乡田地"，终于泪如泉涌。

　　《人生》是文学课堂里的必读书，每次读每次生出不同的感受。年轻的时候比较罗曼蒂克，什么故事都只重感情部分，基本把高加林当陈世美。但这些年，不知道是不是自己也人到中年了，越来越理解高加林；再加上，离家多年，把老父老母交给姐姐、姐夫照看，午夜审视自己，几乎就是个高加林，甚至还不如高加林，因为没有了他旺盛的奋进心。

自 1988 年到上海读书，除了中间跑到香港读了三年书，我在上海已经住了四分之一个世纪。其实老家宁波离上海很近，从前是坐一个晚上的火车，现在只要两个小时，可车程短了，回去的次数反而少了。当然，我有很多理由。我在这里有了自己的家，有孩子要管，家务事要做，课上不完，文章也写不完。每天晚上两三点，钻进被窝的时候，还没想到父母，就睡着了。虽然在梦中，曲里拐弯走过的街道巷子，永远是宁波槐树路一带。

但我内心知道，真正构成我和故乡之间离心力的，不是因为我忙。和高加林一样，我生活的度量衡发生了转变。在老家，跟着父母八九点上床，在床上磨蹭到十点，蹑着手脚起来到客厅夜生活。弄到半夜也饿了，去厨房噼里啪啦搞吃的，然后一回头，被我妈吓得魂飞魄散。她听到声音以为有贼，抄起扫帚悄没愣登站我身后了。而等我魔都的生物钟发生作用，我妈也起床了。所以，一直以来，她觉得我脸色不好是因为上海生活质量差，我偶尔回一次家，当然得各种食补。整整一天，她剥毛豆拔鸡毛刮鱼鳞，所有我们一律交给菜市场完成的工作，她都亲力亲为。否则，毛豆不鲜、鸡肉不鲜、鲫鱼不鲜。

在诗歌的意义上，我认同我妈所有的工作，她一边剥毛豆，一边还要跟毛豆说话。但是爸妈年纪大了，看着爸爸骑上自行车去菜市场，右脚要在地上划好几下；妈妈下午炖蹄髈的时候，会在灶台边睡着，我就觉得，这前现代的生活，以它全部的抒情性构成了我无法面对的拷问。每次回去，每次逃兵一样离开。对于躁动的灵魂，故乡只是疗伤机制。

侯孝贤的电影《恋恋风尘》的结尾，失恋的阿远回到故乡，他用经历了伤痛的眼睛看故乡，故乡也用全部的柔情回望他。青山绿水，岁月悠远，阿远可以继续生活，观众可以继续生活。但我们知道，阿远以后还是不会留在家乡，就像《风柜来的人》，"从风里走来就不想停下脚步"。也像回到故乡的高加林，其实是带着更多的高加林离开了故乡，拥到声名狼藉的城市。故乡，就是为我们这些高加林准备的。对于我的爸妈，一辈子没有离开过槐树路的父老乡亲，是无所谓故乡的。

所以说，故乡总是和热泪连在一起，如同《信天游》唱的："哥哥你不成材，卖了良心才回来。"而故乡的分量，好像也只有通过一代代青春的热血献祭，成为我们最后的乌托邦。

（《作家文摘》2019年总第2296期，摘自《一寸灰》，毛尖著，中信出版社2018年8月出版）

收脚印的人

田　鑫

麦黄六月，村子空荡荡的，大人们到地里收麦子，牲畜们关在圈里避暑，巷道里没有其他人，我蹲在树荫下，看蚂蚁从一堆虚土里爬出来又钻进去。观察蚂蚁是一件很有意思的事情，你看有一只蚂蚁先把小触角伸出来，还来不及看清楚外面的情况，排在后面的伙伴就耐不住性子，一头把它顶出洞口，随后一大批蚂蚁像水从泉眼里冒出来，四散离开。

我想看看它们的足迹，结果土上没留下任何痕迹。这让我很是沮丧，站起来脱下裤子，朝蚂蚁冒出来的地方一顿猛浇。这突如其来的水，把另一些水一样冒的东西挡了回去，看着湿漉漉的地面和正在泥里翻身的蚂蚁，我有些报了仇的兴奋：生活在土之上，怎么会没有足迹呢，就不信收拾不了你们？

很快，我的快感就被太阳和风瓦解了。地面上的水变成了一摊水渍，没一会儿，土又变成了原来的样子。几只没来得及爬出来的蚂蚁，身后留下一条浅浅的痕，在水里爬时滚到身上的泥像个小坟包，把它埋在那里。水消失了，洞里又有蚂蚁冒出来，它们还是一个顶着一个出来，然后四散而去，对于此前发生的一切毫无兴趣。

多年以后，看到蚂蚁，我总会想起这个画面。在街上遇到蚂蚁，我还有坐下来看看的冲动，不过再也没有浇的冲动，对于蚂蚁是不是留下足迹这事，也不再那么认真。在这城市的钢筋水泥上，人都留不下痕迹，何况一只小小的蚂蚁。

其实，在到处都是土的村庄里，也是留不下任何脚印的。弯弯曲曲的路，我走了一条又一条，每一次回头，只看见路看不见脚印。我曾经把脚印留在刚犁过的地里，等着它长出来，春天里所有的植物都长出叶子，脚印却没有任何动静。我曾经把脚印留在厚厚的雪里，看着它在身后留下一长串，就像很多个我排队一样，太阳一晒，地面上什么都没留下，那几十个排队的我也跟从来就没出现过似的。

我怀疑，村庄里一定有一个收脚印的人。他躲在我们看不到的地方，有人走过去，他就悄悄地跟在身后把留在地上的脚印收起来，让走路的人找不到任何痕迹。他跟风一样，把路舔得干干净净，就像从来没有人走过一样。

村庄里也有能留下脚印的时候。有一年，我和小伙伴趁着夜色翻到别人家的果园里，借月光摘下十几个苹果。你要知道，在一个只有杏树和梨树的村庄，像是突然之间就长出来的苹果树，对于我们的诱惑有多大。发现园子里的苹果挂果后，我们每隔一段时间就会去看看，看着它们从指头肚大长到拳头样，看着它们褪掉青色开始红润，就有些忍不住了，蹑手蹑脚翻过院墙，让它们以一种见不得人的方式结束生长。我把它们藏在麦草垛里，每天吃一个，苹果被牙齿咬碎的瞬间，除了咀嚼果肉和吞咽的快感之外，还有一种说不清的味道。

　　苹果吃着香，心里一直忐忑着。从翻过院墙的那一刻起，我就处于一种恐慌之中。翻墙的时候，我们尽量不发出声音，跳下去的瞬间，却已经暴露了。布鞋留下的痕迹，从落地到离开果园就一直显得很慌张的样子，东一脚，西一脚；深一脚，浅一脚。很快这些脚印和半夜消失的苹果一起，开始在村庄里流传。苹果还没吃完我就更加担心了，生怕人家寻着那些脚印发现藏在麦草垛里的苹果，然后顺藤摸瓜抓住我。我多么希望收脚印的人已经收走了那些脚印，我的嫌疑被排除。不过越希望，惶恐就越大，以至不敢再吃那些苹果，好几个苹果就这样被遗忘在麦草里，半年后被发现时，它们水分尽失，只留下苹果的样子，人们还为它们的来历做过好多的猜测。

　　我没有等到那个收脚印的人，却在不久之后做起了他应该做的事情。十岁那年秋天，母亲出车祸长眠于自己劳作了一生的土地，我的童年就这样被硬生生撕开一个洞。早上醒来，母亲睡过的地方空着，我就当她去了地里，可是等一天也不见她回来，我跑到地里，看不到她的影子，就想着找她留下来的脚印。阳洼梁上的地刚犁过，虚土有规则地排列着，只留着一些牛走过后的蹄印。滚牛坡上的地里长着苜蓿，秋风萧瑟，苜蓿干枯，一地的苜蓿叶子根本看不清地的样子，更不用说找到脚印。我把自家的地走了个遍，没找到一个母亲留下来的脚印，它们就像被抽空了一样，毫无痕迹。我想着在母亲停止呼吸后，那个收脚印的人肯定出现过，他一一将脚印收回去，不留任何痕迹，好让我断了念想？

　　这念想就真的断了，在随后的日子里，我再也没有找过脚印，也不再做母亲突然回来的梦。我甚至把脚印这事和收脚印的人给忘了，在我离开村庄的时候，我没有刻意留心身后是否有脚印。多年以后，再回到村庄的时候，物是人非，当年和我一起翻墙的小伙伴已经看不到小时候的样子，斑驳的院墙里苹果树早不见踪影，陈旧的麦草垛里有没有苹果我不得而知，不过可以肯定的是，我偷苹果时留下的脚印早已经被收走，不仅如此，我在村庄里生活了二十年所留下的所有脚印都早已经不知所踪。

这让我更加坚信，肯定有个人在我走后，将我留在村庄里的脚印——收走。

（《作家文摘》2016 年总第 1960 期，摘自《散文》2016 年第 8 期）

故土之上

李俊玲

散失故土的人是一具游魂，居无定所。他们的记忆是断片的连续剧，突兀而陌生。他们有着灵魂深处无法消遣的乡愁，刻骨而荒凉。所以，我常常庆幸自己是个有归属感的人，虽然我的故土仅仅是儿时的浮光掠影，但那些如老底片般的记忆已是汇入血液里的强大因子，始终在体内不断循环，对于那个叫作老家的地方，依旧保持着鲜活的念想。然而当我阔别多年重回故土时，这些记忆会随着世事的改变分崩离析，内心徒生故乡已然成他乡的凄凉。

对于布朗族而言，死亡就意味着归土，回归到脚下这块祖辈世代劳作的土地中去，这块土地像是一个巨大的母体，繁衍出庄稼和牛羊、树木和井泉，也繁衍着一代代的人。大地是宽厚的，生时供给一切，死后接纳一切。万物有灵，人死后注定和这世间一切物体一般轮回再生，而来世不知重生为哪种花草或者动物。所以，布朗族对于死亡的态度是淡然的，人们对万物总是心怀敬畏，就是虫蚁，也不可肆意践踏，狩猎也要祭拜和烧香。我曾经对这样的说法冠以迷信之名而不屑一顾，随着年岁渐长，才知道这其实是一种信仰，它会让你的心变得宁静而宽厚。

阿公的坟就在离家不远的山地，那个骨骼强硬如石头、笑容像阳光一样明亮的人已和这块土地融为一体了。我想他的来世定会化身为一棵树，枝繁叶茂而树干笔直。像他生前一样，总会将一席阴凉洒给别人，而让自己承受着四季的风雨雷电。父亲说，你写碑文别忘了说"行善水"的事，它是李氏家族不可或缺的精神遗产。我早听说过阿公的"行善水"，就是未曾见过。老叔说："跟我来吧，还有一公里多的山路。"沿着崎岖的黄土路去寻找阿公生前的点滴，每一步我似乎走得格外艰难。对面就是昌宁地界，山下枯柯河的水永远不知疲倦地流着，山与山近在眼前，而这看似一段绳索长的路，用脚板丈量却需要花费一天的时间，山里人的艰难和路密切相关。

这是一块立于崖坡之上、稍微平整的地带，一棵紫柚木树撑开它油绿的树冠形成了一把天然的伞，树下就是阿公凿的石水缸。从永德、昌宁来施甸，这条路是捷径，无数马帮曾在这里踏起滚滚尘烟。从枯柯河一路攀爬，都是五十多度陡峭的山路，来到此地时，大都人疲马乏。路人常常在这里休整歇息，阿公自己也在这条山路来回走了无数遍，深知劳作人和赶马人的辛苦，便在石崖上凿了一口水缸，挑水到石崖，给来往的行路人解渴除乏。无法想象，每天两担水，来回近十公里的山路，阿公这一挑就是十三年，每天清晨从寨子到石崖的小路上，总有一个担水人的身影，步子稳健而笃定。这小小的一泓清泉沉浸了山里人最珍贵的情感——体惜，后来大家便将石崖之上这远挑而来的水称为"行善水"。阿公老去，老叔和表哥接下了那根被磨得发亮的扁担，继续挑水，崎岖的山路上烙下了三代人深深浅浅的足印。直至附近的公路修通，这条路才沉寂下来。

如今石缸依在，老树依然，而纷繁的脚步和马蹄声已烟消云散。父亲和老叔在树下坐了良久，沉默不语。石缸历经风雨，满目疮痍，父亲用手轻轻抚摩着它，像在抚摩阿公的肌体。这世间最伤感的事情就是物是人非，至少"物是"还存有几许慰藉，可以安抚"人非"的哀戚，然而很多时候，正是这样的"物是"才会勾起那些尘封的回忆，使人愈加感伤。山风吹过，父亲凌乱的白发格外醒目，第一次我感觉父亲的神态如此悲凉，如这块黄色的土地那样，苍老的容颜背后深埋着一生的艰辛和付出，我的泪不知不觉涌出眼眶。

清明之际，细雨飘洒，祭祖献坟的时节再次到来。柳色渐青，远山如黛，我一个人走在路上，远眺老家的方向，那个已被雾霭隔阻的群山之后的地方，耳边突然传来李健的《异乡人》，一种难言的苦涩拥堵于胸。我何尝不是一个异乡人呢？就算脚踩故土之上，也会心生疏离和陌生。故乡，难道真的只是我心里最初不舍丢弃的固执和惦念吗？除了雨声，没有人给我答案。

（《作家文摘》2017年总第2083期，摘自《民族文学》2017年第2期）

辑二
永远的异乡人

那片土地成为他们心灵中一个牢固的情结。

作为曾经的灵魂的栖息之地，

那里显然具有一种精神家园的意义。

小东城角的井

宗　璞

昆明是我的第二故乡。

抗战八年，居住昆明，十分思念北平，总觉得北平的一草一木都是好的。回到北京后，又十分思念昆明，思念昆明那蓝得无底的天，乡下路旁没有尽头的木香花篱，几百朵红花聚于一树的山茶，搅动着幽香的海的蜡梅林，还有那萦绕在我少年时代的抑扬顿挫的昆明语调。

人就是这样，那远处的总是好一些。至于那逝去的，不可回复的，更是带有神秘色彩，一辈子都可以反复玩味——如果有时间的话。

1938 年到 1946 年，我家在昆明市内和近郊迁移过多次。曾有约一年时间，住在小东城角。一个小花园中的两幢小楼，我们和叔父景兰先生一家住在里面一幢，大门边的一幢由房东自己住。园中花木扶疏，颇为清雅，还有一口井。

刚搬去时，我们几个孩子总爱到井边去，俯在石栏上向下看。那是一面黯淡的镜子，照出我们好奇的高兴的脸儿。那水很满，惹人想去摸一摸。但我们从未去搅动。只是看看。有时大喊一声，井里立刻有微弱的回声，好像井底住着什么精灵。我们便叫："出来出来！"当然什么也没有出来。

房东一家和我们不大来往，后来他们家来了一个梳两条细辫子的少女。据说是远房亲戚。她常到井边打水，对我们笑笑，不说话。在大门边遇见几次她问房东太太："咋个整？"不知问的是关于家务还是她自己的事。

"咋个整？"是我们最先学会的几句昆明话之一。我们也常常问："咋个整？"听人问这话很觉亲切。

在小东城角住时还有一个重要节目，就是到附近一个图书馆看书，星期日和假日常常去。

似乎是叫作绥靖路图书馆，房间不大，有许多旧小说，读者秩序极好。有一本《兰花梦》给我印象很深。至今能记得其中情节。一户显赫人家有两个女儿，次女出生时家人都盼着是个男孩，不幸是女孩，便假充男儿教养。她冒充男人事事成功，状元得中，高官得做，但不忘自己是个女儿身，不愿在女人方面有所欠缺，要求丫鬟为自己缠足。后来嫁了一个样样逊她一筹的同僚，被虐待至死。书中加了个尾巴，说她返回天上做仙女去了。

一次从图书馆回家，见房东家的那位少女倚在门口，望着路的一端。她对我笑笑，轻轻说了一句："咋个整？"不知是自问还是问我，我仰头看她，她却又转脸望着路的一端。

次日早饭后，母亲对我们说，不要到井边去玩。我说，井边有栏杆。母亲温和地加重语气说："不要去了。听见了吗？！"

然而花园很少，我们站在门前，便见房东太太和几个人站在井边，指指点点说什么。

几天不见那少女，后来才知道，她投井死了。

大家都觉得很恐怖。又过了些日子，恐怖的感觉渐渐淡了。我悄悄到井边看，只见花木依旧，井栏边布满青苔，一片碧绿。大着胆子俯身看井，水仍是很满。我不敢仔细辨认自己的脸，看了一眼便跑开。心想跳井似乎是很容易的。

有很长时间，我把那少女和《兰花梦》中人连在一起，虽然她们的身份悬殊。

在记忆的深井里，往事已经模糊，小东城角究竟是否真有过这样一位少女，很难说。也许是因为习惯于想象，把幻象添了进去。

然而那一口井，是确实存在过的。

（《作家文摘》2016年总第1983期，摘自《茅盾文学奖获奖作家青少经典·宗璞作品中学生读本》，宗璞著，人民日报出版社2014年7月出版）

我心归去

韩少功

我在圣·纳塞尔市为时一个月的"家",是一幢雅静的别墅。两层楼的六间房子、四张床、三个厕所全属于我,怎么也用不过来。房子前面是蓝海,旁边是绿公园。很少看见人——除了偶尔隔着玻璃窗向我叽里呱啦说些法语的公园游客。

最初几天的约会和采访热潮已经过去,任何外来者都会突然陷入难耐的冷清,恐怕连流亡的总统或国王也概莫能外。这个城市不属于你,除了所有的服务都要你付钱外,这里的一切声响都弃你而去,奔赴它们既定的目的,与你没有什么关系。你拿起电话不知道要打向哪里,你拿着门钥匙不知道出门后要去向何方。电视广播以及行人的谈话全是法语,把你囚禁在一座法语的监狱无处逃遁。从巴黎带来的华文报纸和英文书看完了,这成了最严重的事态,因为在下一个钟头,下一刻钟,下一分钟,你就不知道该干什么。你到了悬崖的边缘,前面是寂静的深谷,不,连深谷也不是。深谷还可以使你粉身碎骨,使你头破血流,使你感触到实在,那不是深谷,那里什么也没有,你跳下去不会有任何声音和光影,只有虚空。

你对吊灯做第六或六十次研究，这时候你就可以知道，你差不多开始发疯了。移民的日子是能让人发疯的。

我不想移民，好像是缺乏勇气也缺乏兴趣。C曾问我想不想留在法国，他的市长朋友可以办成这件事，他的父亲与法国总理也是好朋友。我说我在这里能干什么？守仓库或做家具？当文化盲流变着法子讨饭？即使能活得好，我就那么在乎法国的面包和雷诺牌汽车？

很想念家里——似乎是有点没出息。倒不是特别害怕孤寂，而是惦念亲人。我知道我对她们来说是多么重要，我是她们的快乐和依靠。我坐在柔和的灯雾里，听窗外的海涛和海鸥的鸣叫，想象母亲、妻子、女儿现在熟睡的模样，隔着万里守候她们睡到天明。人们无论走到哪里，都没法不时常感怀身后远远的一片热土，因为那里有他的亲友，至少也有他的过去。时光总是把过去的日子冲洗得熠熠闪光，引人回望。

我这才明白，为什么各种异国的旅游景区都不能像故乡一样使我感到亲切和激动。我的故乡没有繁华酥骨的都会，没有静谧侵肌的湖泊，没有悲剧般幽深奇诡的城堡，没有绿得能融化你所有思绪的大森林。故乡甚至是贫瘠而脏乱的。但假若你在旅途的夕阳中听到舒伯特的某支独唱曲，使你热泪突然涌流的想象，常常是故乡的小径，故乡的月夜，月夜下的草坡泛着银色的光泽，一只小羊还未归家，或者一只犁头还插在地边等待明天。这哪里对呀？也许舒伯特在歌颂宫廷或爱情，但我相信所有雄浑的男声独唱都应该是献给故乡的。就像我相信所有的中国二胡都只能演奏悲怆，即便是赛马曲与赶集调，那也是带泪的笑。

故乡存留了我们的童年，或者还有青年和壮年，也就成了我们生命的一部分，成了我们自己。它不是商品，不是旅游的去处，不是按照一定价格可以向任何顾客出售的往返车票和周末消遣节目。故乡比任何旅游景区多了一些东西：你的血、泪，还有汗水。故乡的美中含悲。而美的从来就是悲的。中国的"悲"含有眷顾之义，美使人悲，使人痛，使人怜，这已把美学的真理揭示无余。从这个意义上来说，任何旅游景区的美都多少有点不够格，只是失血的矫饰。

我已来过法国三次，这个风雅富贵之邦，无论我这样来多少次，我也只是一名来付钱的观赏者。我与这里的主人碰杯、唱歌、说笑、合影、拍肩膀，我的心却在一次次偷偷归去。我当然知道，我会对故乡浮粪四溢的墟场失望，会对故乡拥挤不堪的车厢失望，会对故乡阴沉连日的雨季失望，但那种失望不同于对旅泊之地的失望，那种失望能滴血。血沃之地将真正生长出金麦穗和赶车谣。

故乡意味着我们的付出——它与出生地不是一回事。只有艰辛劳动过奉献过的人，才真正拥有故乡，才真正懂得古人"游子悲故乡"的情怀——无论这个故乡烙印在一处还是多处，在祖国还是在异邦。没有故乡的人身后一无所有。而萍漂四方的游子无论是怎样贫困潦倒，他们听到某支独唱曲时突然涌出热泪，便是他们心有所归的无量幸福。

（《作家文摘》2019 年总第 2269 期，摘自《读天下》2019 年第 8 期）

且认他乡作故乡

彭　程

　　那一年去阳朔旅游，走累了，便踅摸进老城西街的一家酒吧歇脚。柜台后站着的是一位三十开外的金发男人，用汉语大声招呼着客人，脸上挂着孩子般的笑容。简单交谈几句，得知他是法国人，故乡在巴黎附近，五年前来中国旅游，喜欢上了这儿，留了下来，并娶了当地的一位姑娘，儿子如今两岁了。免不了有好奇者问东问西，洋女婿开朗俏皮，绕口令般地回答："我喜欢，我习惯，这儿就是我的家！"

　　塞纳河畔长大的老外，自己肯定也不会想到，遥远的中国西南地区一条叫作漓江的河流边的一座小城，成了他的归宿。当时，大学者陈寅恪的一句诗，蓦然跳入我的脑海：且认他乡作故乡。但陈诗写于抗战末期避难西南之时，虽然好不容易取得胜利，但山河破碎，返乡之途阻隔重重，只好将此地当作故乡，字句间是聊以自慰的无奈，而面前这位外国年轻人的选择，则分明是主动而愉快的。

　　对于大多数人来说，生于斯长于斯的故乡，连接了他的生命的深刻记忆，对其产生依恋再自然不过。"胡马依北风，越鸟巢南枝，"

动物尚且如此，何况情感丰富的人类。柳宗元被贬柳州，思念长安，下笔何其郁结："海畔尖山似剑铓，秋来处处割愁肠。若为化得身千亿，散上峰头望故乡。"乡愁会贯穿终生，因此倘若叶落不能归根，那样的哀伤当会浃髓沦肌。于右任临终前的绝笔《国殇》，写出了那种锥心之痛："葬我于高山之上兮，望我大陆，故乡不可见兮，只有痛哭！"怀乡病发作起来，不分畛域。谢晋的电影《最后的贵族》中，流亡威尼斯的老年白俄小提琴手，向潘虹饰演的同样沦落天涯的女主角喃喃倾诉："圣彼得堡的雪都是温暖的……"

故土之感最为丰沛酣畅的时候，当属已然消逝的农业时代。生活封闭自足，人们安土重迁，悲喜歌哭、生老病死于同一个地方，是人生的普遍样式。除了科举及第等极少数情形外，背井离乡多与战乱、动荡、灾祸等种种不祥之事相连。这种背景下酿造出的故乡情感，既是审美的，同时不知不觉中也被赋予了某种伦理的意义。

不过这里我想说的，却是另外一点。

也许由于乡情乡思太过普遍而达到了覆盖性的程度，使得人们往往忽略了一点，或者是有意地避而不谈——实际上，也有不少人，是从生身的故乡之外的陌生地方，获得了灵魂的慰藉。那里的风景、气候、饮食、习俗，那里的环境和氛围，种种能够说清和难以说清的东西，黏合在一起，产生了特异的魅力，让他迷恋，产生一种置身故乡般的感觉。

这样说是有底气的，因为我自己就有深切的体验。读大学时，差不多有两年的时间，从故乡华北平原考入京城的我，却对从未到过的江南，怀着隐秘而炽热的向往。我借助唐诗宋词，20世纪初作家们的游记，以及当时并不多见的有关照片和画作，一遍遍地想象和勾勒我心中的梦境：白墙黛瓦，春雨杏花，小桥下桨声欸乃，逼仄、幽深而弯曲的小巷中，青石砌就的路面被脚步叩响。正值浪漫的年龄，梦境的最深处，每每会有一个袅娜而模糊的身影。等到毕业数年后终于有机会踏上苏州的地面，我感觉眼前的一切是那么熟稔。

若干年后，广袤的新疆，无论哪个方面都与江南构成鲜明对照的地方，成为我新的向往。我怀着和当年一样的痴迷，在抵达之前热烈地渴望，在返回之后长久地回忆。一望无际灿烂绽放的向日葵，雪峰下蜿蜒迤逦的云杉和塔松，梦幻一般蔚蓝的湖水，果子的甘甜和烤肉的香味，歌声和舞蹈，异族的面容和幽深眸子里的动人之美……

随着年龄和阅历的增加，在我内心的画卷中，故乡的地盘也在渐渐地扩展。在家乡碧绿茂密的青纱帐之外，我添加上了巴蜀的山川和雾岚，八闽的荔枝树和甘蔗林，彩云之南的阳光和鲜花，等等。我觉得，在这里任何一个地方长住直至终老，都会是无悔的选择。

生身之地的故乡，在这个过程中，从中间位置渐渐地挪移开来。对它依然怀着深情，但不再是唯一。常见有人把某地称为"第二故乡"，恋念之情溢于言表。这让我越来越意识到，所谓故乡，实质上不过是感情深度投注之地。和一个地方朝夕与共，耳鬓厮磨，自然会产生感情，未必拘囿于出生之地。过去一个人很难去到家乡之外的地方，因此对故土的萦系中，多少会有些被动的成分。今天，技术的便利、生活的流动性，让人们行走的半径大幅度增加，倘若某一处地方让我们喜爱，乐意生活于斯，岂非十分自然的事情？

"生活在别处。"这句被米兰·昆德拉用作小说书名的话，曾经广为流传。它说出了人们向往陌生地方的一种隐秘的动机，这是一种自己也未必清楚的天性。于是，"且认他乡作故乡"，也便有了切实的心理依据。这不好说是移情别恋，因为通常并不会取代对家乡的情感，毋宁说是乡情的扩大更贴近一些。

这种意义上的故乡的疆域，是随着一个人经历、眼界、胸怀的扩大，随着他对人性的理解、对文化的包容和对理想生活的向往，而渐渐拓展的。这种家园之感有时甚至会跨越国界。19世纪奥地利诗人里尔克，在游历了俄罗斯之后，为粗犷辽阔的大自然所震撼，写下这样的话："……土地广大，水域宽阔，尤其是苍穹更大。我迄今所见只不过是土地、河流和世界的图像罢了。而我在这里看到的则是这一切本身。我觉得我好像目击了创造。"与托尔斯泰、列宾等文艺巨匠的会面，则让他受到精神文化上的深深吸引，在给女友的信中写道："我赖以生活的那些伟大和神秘的保证之一就是，俄国是我的故乡。"

其实也不必远处取譬，身边就有现成的例子。一位同学的父母，年逾古稀，推掉了儿子带他们去美、加旅游的安排，执意要趁着尚能走动，去一趟俄罗斯。他们的青春岁月，是听着《莫斯科郊外的晚上》《红莓花儿开》等苏联歌曲度过的，那片土地成为他们心灵中一个牢固的情结。作为曾经的灵魂的栖息之地，那里显然具有一种精神家园的意义。也许现实会破坏心中的那个美好梦境，我也的确听到过有人归来后诉说幻灭感，但那是另一个问题。

心灵所萦系的地方，无疑便是故乡了。

爱故乡，同时把这种爱，扩展到更为广大的地方。这是幸福的一个源泉，汩汩涌流。

（《作家文摘》2015年总第1865期，摘自2015年8月9日《文汇报》）

永远的异乡人

林少华

　　我是在半山区长大的。无日不见山，无山不见我。自不待言，我见的山或见我的山，大多是山的这边，山那边平时是看不见的。于是，我常想山那边有什么呢？尤其远处一条沙石路从两座山头之间的低凹处爬过去的时候，或者一条田间小路蜿蜒伸向坡势徐缓的山冈的时候，我往往产生一股冲动，很想很想顺着那条路一直走去看看山那边到底有什么：杏花环绕的村落？垂柳依依的清溪？村姑嬉闹的田野？抑或牛羊满坡的牧场？这种山那边情结促成了我对远方最初的想象和希冀，悄然唤醒了我身上蛰伏的异乡人因子，使我成为故乡中一个潜在的异乡人。

　　后来，我果然奔走异乡，成了实际上的异乡人。迄今为止的人生岁月，有三分之二流逝在异乡的街头。那是毫不含糊的异乡。不是从 A 乡到 B 乡、从甲县到乙县，而是差不多从中国最北端的白山黑水一下子跑到几近中国最南端的天涯海角。你恐怕很难想见四十几年前一个东北乡间出身的年轻人初到广州的惊异。举目无亲，话语不通。"云横秦岭家何在？雪拥蓝关马不前。"此乃地理上、地域上的异乡人。

若干年后我去了日本。不瞒你说，较之当初的广州，异国日本的违和感反倒没那么强烈。语言我固然听得懂，书报读得懂，但对于他们的心和语言背后的信息我基本没办法弄懂。五官长相固然让我有亲近感，但表情及其生成的气氛则分明在提醒我内外有别。当对方希望我作为专任大学教员留下来时，我婉言谢绝，决意回国。挪用古人张季鹰之语："人生贵得适意尔，何能羁宦数千里以要名爵！"此乃族别上、国别上的异乡人。

返回故国的广州，继续在原来的大学任教。也许受日本教授的影响——日本教授上课迟到一二十分钟屡见不鲜——和教授治校环境的潜移默化，回国上课第一天我就满不在乎地提前五分钟释放学生跑去食堂。不巧给主管教学的系副主任逮个正着，声称要上报学校有关部门，以"教学事故"论处，我当即拍案而起，和他高声争执。加之此后发生的种种事情，我的心绪渐趋悲凉，最后离开生活了二十多年的广州，北上青岛任教。青岛所在的山东半岛是我的祖籍所在地。尽管如此，我也似乎并未被身边许多人所接受。就其程度而言，未必在广州之下。这让我不时想起自己译的村上春树随笔集《终究悲哀的外国语》中的话："无论置身何处，我们的某一部分都是异乡人。"换言之，在外国讲外国语的我们当然是异乡人，而在母国讲母语的我们也未必不是异乡人。当着老外讲外国语终究感到悲哀，而当着同胞讲母语也未必多么欢欣鼓舞。在这个意义上，我可能又是个超越地域以至国别的体制上、精神上的异乡人。

现在，我刚从文章开头说的我的生身故乡回来不久。也是因为年纪大了，近五六年来，年年回故乡度暑假。那么，回到故乡我就是故乡人了吗？未必。举个不一定多么恰当的例子。某日早上，我悲哀地发现大弟用名叫"百草枯"的除草剂把院落一角红砖上的青苔喷得焦黄一片，墙角的牵牛花被药味儿熏得蔫头耷脑。问之，他说青苔有什么用，牵牛花有什么用，吃不能吃，看不好看！悲哀之余，为了让他领悟青苔和牵牛花的美，为了让他体味"苔痕上阶绿，草色入帘青"的诗境，我特意找书打开有关图片，像讲课那样兴奋地讲了不止一个小时。不料过了一些时日，他来园子铲草时，还是把篱笆上开得正艳的牵牛花利利索索连根铲除。我还能说什么呢？这里是生我养我的故乡……还是村上说得对——恕我重复——"无论置身何处，我们的某一部分都是异乡人"，纵然置身于生身故乡！换言之，不仅语言，就连"故乡"这一现场也具有不确定性，或者莫如说我们本以为不言自明的所谓自明之理，其实未必自明。

但另一方面，这种故乡与异乡、故乡人与异乡人之间的重合与错位，这种若明若暗的地带，或许正是我们许多现代人出发的地方，也是我出发的地方。我从那里出发，并将最终返回那里。返回那里对着可能再生的青苔和牵牛花回首异乡往事，或感叹故乡弱小生命的美。

（《作家文摘》2016 年总第 1942 期，摘自《异乡人》，林少华著，作家出版社 2016 年 3 月出版）

错把异乡当故乡

苏　童

选择南京做居留地是某种人共同的居住理想。

十八岁离开家乡以前，我所去过的最远的一个城市就是南京，那是一次比较特别的旅行，不是为了游览，不是为了探亲，当时有来自全省的数百名中学生聚集在建邺路上的党校招待所里，参加一个大规模的中学生作文竞赛，那次竞赛我名落孙山。

记得在返回苏州之前，我们一大群人停留在火车站前的广场上，忽然发现玄武湖就在眼前，不知是谁第一个跑到了湖边，我们纷纷尾随过去，也不知是谁第一个在湖边开始洗手，一大群中学生沿着湖岸一字排开，大家都把手伸进湖水里，很认真地洗了一回手。我至今仍然记得那群蹲在湖边洗手的少男少女的样子与笑声，二十年过去以后，所有人手上的玄武湖水已经了无印痕，而我却在无意之中把那捧湖水融进了我的未来，当年那群等待回家的苏州中学生中，也许只有我一个人日后留在了玄武湖边。

选择南京做居留地是某种人共同的居住理想，这种人所要的城市不大不小，不要繁华喧闹也不要沉闷闭塞，不要住在父母的怀抱里但也不要离他们太远，这种人无须拥有自己的花园却希望他居住的城市风景如画，这种人希望自己智商超群精明强干，却希望别人纯朴憨厚关心他人。我大概就是这种人，所以在我二十二岁那年，我自愿成为一个南京人，至今已经做了十几年的南京人，越做越有滋味。

除了冬夏两季的气候遭到了普遍的埋怨，南京几乎是一个人见人爱的地方。许多城市是绿化城市，但南京街道上的华盖似的梧桐却无与伦比。（南京人溺爱这些树因而原谅了春天树上飘下的茸毛，春天你可以看见许多骑自行车的人在头上、身上拍打那些茸毛，脸上的表情却无怨无恨。）

许多城市都有一个或几个值得本地人骄傲的风景区，外地人去了就褒贬不一，但是南京的中山陵是一种王尊地位。当你登临中山陵最高处极目四眺，方圆数里之内一片林海，你会发现这个城市之美不同凡响，紫金山与长江不再是什么天然屏障，它们使南京永远受到了山水的孕育。东郊的林海则是一只巨大的绿色的枕头，每天夜里它对着太平门耳语一声"睡吧，南京"，南京就睡了；每天早晨它对着中山门说"醒来吧，南京"，南京就醒来了。

六朝古都的睡眠不会太长，南京醒来了，在从前帝王们的车马经过的地方，南京人的自行车匆匆而过。在新街口一带的工地上，打桩机根本不顾明孝陵下太子王妃的幽魂对噪声有何看法，一心要为建设新南京而发出它的狂叫。在城南的某条古老的小巷里，某个老妇拎着一只古老的马桶走过古老的秦淮河，但是她已经不能随手在河里倒马桶，她必须把它倒在公共厕所的化粪池里——南京虽然还没有消灭马桶，但是就连上海都还没有消灭马桶呢，南京为什么要这么着急呢。

着急不是南京人的性格，虽然南京人说话听上去显得很着急。这几年人人都想发财，南京人也想得慌，但是他们因为不着急，许多事就比别的地方慢半拍。当南京人来到深圳海口淘金时，那里已经人满为患，他们就回来了。当南京人发现别人生产假货劣货大发其财时，他们伤心地意识到作为一个南京人是发不了这种大财的，他们于是就想发小财。他们想还是回家做盐水鸭，反正南京人吃盐水鸭吃不够，即使卖不掉也没关系，反正自己也吃不够。

南京人也符合我对人群的理想，所以我在南京一直生活得自得其乐。今年夏天的某一天，忽然游兴大发，想到在南京这么多年，许多朋友嘴里的幽美之地还没去过，就携妻子女儿往东郊而去。因为不是假日，游人寥寥，一家人从藏书阁小径进入百年树荫，一路探幽至灵谷寺，途中不闻人声但闻鸟语流泉，心中便有一种奇异的甜蜜感觉，好像这个地方是自己家的，好像是自己向自己炫耀了一件宝物，结果自己很满足，也很幸福。

也许这很自然，一个人如果喜欢自己的居住地，他便会在一草一木之间看见他的幸福。多少人现在生活在别处，在一个远离他生命起源的地方生活着，生活得没有乡愁，没有哀怨，生活得如此满足，古人所谓"错把异乡当故乡"的词句大概也就源于此处吧。

（《作家文摘》2020 年总第 2331 期，摘自《活着，不着急》，苏童著，中信出版集团 2019 年 10 月出版）

客居故乡

朱正琳

　　1980 年我到北京上学时已三十三岁，算不得"少小离家"；此后几乎每年都回贵阳探亲，也说不上是"老大回"。只是每次来去匆匆，且都是寄居在兄弟姐妹的家里。那光景，一多半倒像是在做客，连父母家人的态度都透着几分客气。回来之前，常接到家人朋友的电话（最初是电报）：几时回来？回来之后，寒暄中又总是有一个必被问到的问题：几时回去？就这样"回来回去"地跑了有三十多趟。三十多趟不算多，但三十多年却已过去了。人道是，弹指一挥间。老了，退休了，索性逃离雾都，回家乡来住。三十多年来第一回从头到尾经历了故乡的春夏秋冬。花开花落，寒来暑往，季节变换的点点滴滴，唤醒了许多沉睡已久的记忆。这才知道 1980 年那一别，其实也是一个"阔别"。

　　长住当然是住在自己的居所了，但做客的感觉却仍旧没有离开过我。我真的不像是本地人。最直接的证据就是，我已经不太认识这个城市。有一回，我在出租车上被转昏了头，不得不虚张声势地警告司机师傅："我可是老贵阳哦！你不要想蒙我。"那位师傅不急不恼，笑嘻嘻地说了一句："你是老贵阳不假，不过，怕是也有几年没住在这里了吧？"

我自认为"乡音未改"，但贵阳乡亲们的"乡音"却在改。年轻人和孩子们自不必说，他们的有些词汇不是从口语而是直接从课本或电视中学来，发音难免会向普通话靠拢，最常见的是声调（四声）上的靠拢。随便举一例，打游击的"击"字，我们小时候都读作阳平声（第二声），现在的孩子们却读作阴平声（第一声），所以在我听来就成了打油鸡。还有一个例子或许更值得一说。现在的贵阳话里，"做"字（无论老少）都已统一发作 zuo（去声）了，而我们过去的发音却是 zu（去声）。我寻思，这个字在近三十几年来或许是"谈业务"时使用频率最高的一个字，变为更通用的发音也是势在必行？这些年的贵阳城，慢说来"谈业务"的，即便是长住于此的居民，都可谓来自五湖四海。单说我们现居的小区，南腔北调，什么样的乡音没听见过？于是，带着各种口音的普通话也就随处可闻。耐人寻味的是，小区里的儿童全都说普通话，且都比紧跟他们身后的阿姨、爷爷、奶奶、姥姥、姥爷要说得好。不由想起我的童年时光，学校提倡说普通话花过多大力气？一度几乎成为一个政治任务呢！记得我们学校有一个同学坚持说了几个月，得到的表彰就有如"劳动模范"或"学习标兵"。不过，那样的推广竟每次都是以失败告终。而今呢？只怕快有人会以"文化"的名义呼吁保护贵阳话了吧？

其实，近代以来的贵阳差不多是一个移民城市。我就是两岁时才随父母迁移过来的。我记得，直到上小学，我才真正学会说地道的贵阳话。可是后来又发觉，老一辈人中有一些"老贵阳"，说着乡土气更重的"老贵阳话"。语言的变迁远非始自今日！只不过眼下的变化确实比较急剧。不是每一代人都有幸亲历这种急剧变化的。我因此竟有些着迷于追踪这种变化，没事就偷偷琢磨一些方言词汇发音的来龙去脉。

去年，旅居美国的儿子回来探亲，我对他说起我的这种晚年新爱好，有意想跟他"分享"一下我的一些小成果。没想到儿子只淡淡地说了一句："你是有乡土的人，我是没有乡土的人。"我听后心里一惊。这才意识到，我一向自以为"四海为家"，但实际上怕还是装着一腔乡土情怀。而儿子呢？六岁跟随我到了北京，此后又从北京到武汉、从武汉到北京地来回折腾，最后竟自己折腾到美国去了。他在家中倒是一直说贵阳话，但在贵阳却没有任何同学和朋友，所以回来后连做客的地方都很有限。我不禁自问：此生我是不是欠着他一个"家乡"呢？儿子自己显然不这样想。回到美国给我来信时，他用两句打油诗表达了他的不在意："天涯何处是我家，麻省秋天顶呱呱。"随后又说："这是一个选择，是认同你的酋长，还是认同你的理性。"我想他说的也没错。如果这个世界上的人都只认同自己的酋长，我这个做父亲的又怎敢让自己的儿子漂洋过海？万一他遇到吃人生番该如何是好？于是我提笔回信道："理解你的浪子情怀了。告诉你一句话，马克思早就说过，我是世界的公民。"

（《作家文摘》2015 年总第 1829 期，摘自 2015 年 3 月 18 日《文汇报》）

种子的归来

路　明

我考了上海的高中，又读了上海的大学，我的身份证打头是310。对一个知青子女来说，基本算完成任务。我妈满意地说，一桩心事放下了。

接下来，她要为自己奔忙。

我出生的小镇，上世纪80年代初，总人口不过一两万，却因毗邻上海，来了一千多"上海人"。说是上海人，实际来自苏北、安徽、江西、云南、黑龙江军垦农场、四川三线企业、新疆生产建设兵团……都是少小离家，辗转落脚于此。他们烧上海菜，讲上海话，看上海教育电视台的新闻，寄希望于子女，有一天替他们回到上海。

我和我的小伙伴们，放学回家后，还要学英语、学乐器、练习上海话发音。说不清是骄傲还是无奈，我们很早就明白，自己是一条河，终归要流到海里去的。

我的小伙伴汤圆，跟一个镇上的女孩谈恋爱。对方家长得知，来学校大闹一场。初中生早恋并不是一件稀奇事，很少见家长摆出如此激烈的架势。控诉声中，听到一句，"他们上海小囡以后都要走的"。

对门二楼住着放射科的王医生。他儿子大我两岁，我叫他小春哥。王医生会拉小提琴，小春哥从小也跟着练琴。每次我走过他家窗下，总听见咿咿呀呀的琴声，偶尔还有王医生的训斥。小春哥考取普陀区的重点中学，迁户口时遇到麻烦。上海的亲戚纷纷推说房子太小，住不下。王医生赔笑脸、说好话，直到拍桌子翻脸，同亲戚们决裂。小春哥痛哭一场，放弃入学资格，继续在小镇的高中就读。有时我半夜醒来，他书房的灯还亮着。像一颗孤独的星，嵌在小镇寂寥的夜里。

三年后，小春哥考上同济，王医生扬眉吐气了一把。说是"考回上海"，上海已经没有亲戚，宿舍以外，找不到可以落脚的地方。

汤圆寄居在虹口区的伯伯家里，四口人，挤二十来个平方。伯伯跟他商量，你看，我们平时也挺照顾你的，周末让阿拉搓搓麻将好吧，阿拉就这点爱好。汤圆点点头，说好的。伯母有些不好意思，塞过两张十块钱，让汤圆中午"去外头买点好吃的"。此后的每一个周六周日，直到高考，他都是夹着两本书，在家附近的肯德基度过。

相比之下，我是幸运的。外公外婆、两个舅舅都挖心挖肺地对我好。外公外婆把最好的房间留给我，自己睡没有窗的后厢房。外婆变着法儿给我做好吃的，只要我在家，就不准外公看电视听广播。外公没办法，骑车去虬江路，买来一副老年人专用耳机。

曾经，在这间屋子里，他们等待女儿的归来。女儿十六岁离家，出走半世，归来的是一个少年。

我妈退休那年，把她的户口迁回了上海。说来可笑，以"投靠在沪子女"的名义。（我妈说，投靠伊？帮帮忙好吧！）当年她拼了命把我送回去，像抛出一只锚，如今得靠这只锚把自己拉上来。为此，她来回跑了大半年，两地的居委会、派出所、街道办、户籍办、档案馆……像一只恭顺的皮球，从一个窗口被踢向另一个窗口——领号，排队，谦卑地笑，"同志你好"……不是缺这个材料，就是那个格式不达标。她终于发了怒，拍着桌子，泪水滚滚而出。不办了。不回上海还不行。户籍办的小姑娘手足无措地看着她。三十年前，她捏着从学校领来的上山下乡通知书，跑到派出所迁户口，一个章戳下去，一秒钟不到。回到家，太外婆问："户口迁出去啦？"我妈说："嗯。"太外婆问："什么时候走？"我妈说："下个月。"太外婆的眼泪掉下来。我妈慌了："外婆你别哭，我很快就回来了。"

我没见过这位太外婆，我只在我妈的讲述中一遍遍想象她的模样。在我出生前一年，太外婆就去世了。

小镇的一千多"上海人"，一大半回到上海。他们办齐各种手续，又倾毕生积蓄，甚至背一屁股债，买一间郊区的小房子。千辛万苦，像洄游的鱼。小镇人笑他们想不穿，何必呢？上海有啥好？从前的南京路、淮海路，是有别处见不着的好东西。现在都网购了，一键下单，哪都一样。为啥还要回去？

他们在十六七岁的年龄离开家，家变成一块琥珀，被层层时间包裹。像刻舟求剑的旅人，他们一辈子记着那时的上海。别人觉得，这帮人心心念念的，是回大城市，在他们心底，更深的念头，是找回那段丢失的岁月和岁月里的人。上海驶远了。故人已逝，年华将老，注定徒劳。

前些年，小镇建了一个物流中心。各地发往上海的货物，被卸下卡车，检验，打包，再装车。人也是这样。有人顺利通关，有人被卡在这小镇上，一等就是几十年。

大学毕业后，小春哥远走异国。一年回上海一次，待两三天，住酒店。我问他，小提琴还拉不？他愣了一下，说，早忘了。

汤圆回到小镇，开了自己的公司，生意做得不错。前些年我参加他的婚礼，新娘子有点眼熟。黄潇潇对我的记忆力表示不屑："不就是从前那个嘛。"

我在上海工作，在上海生活，渐渐地，对这座城市生出亲近和依赖。我不是生来就是上海人，也谈不上有多期望。说到底，是因为一些人，因为他们的包容和温暖，让我愿意成为他们中的一个。

那天收快递，瞥见包装盒上"××镇分拣中心"的字样。我笑一笑。有一点亲切，也有些许的感伤，像收到一封来自过去的家书。

（《作家文摘》2020年总第2345期，摘自《出小镇记》，路明著，译林出版社2020年6月出版）

远逝的田园

昇　愚

　　我的家乡在江南平原，那里河流密布，水网如织。可以说，在我整个童年与少年时代的印象中，一直是水维系着这个世界，同时，也是水阻隔了这个世界。我想，我是属于极少数的那种生于水乡而对水又如此深怀恐惧的人，不光是因为水可以让人联想到窒息，也不光是曾目睹过那么多人的步伐止于岸边、滩头，我始终觉得是水分隔了那些土地，让一块变成两块，让一个世界变成几个，而土地与世界恰恰是两种最能决定人命运的东西。

　　记得在我的少年时代曾认识一个热恋中的女孩，为了与她的情郎相会，她每天晚上都在星空下把自己脱光，托着衣服泅渡过那条宽阔的河，也许只为片刻的温存，也许情欲远比激流汹涌。然后，女孩又托着那些衣服回她对岸的乡村。可惜，当时想得更多的是女孩在月光下波光粼粼的身体，而忽略了她在一条河面前的勇气，以及这种勇气背后一个女人纤弱身体里的力量。也许，它比爱情更复杂一点，比世俗更单纯一点，因为那是上世纪的 80 年代初，一河之隔的城乡是无数人一生都无法泅渡的天堑。

那时候，"田野里还没有公路，田野的半空中也没有高速公路。一到秋天，金黄色的稻浪被风吹鼓着，推推搡搡地卷着田野一直涌到天边……"；那时候，我们全部的世界恐怕只是手里紧攥着的那把全国粮票；那时候，乡村的宁静如同河底的潜流，只要你静下心来就能听到那么多模糊的声音在响彻。

而现在，乡村早已成为公交线路上某个站头，没有什么可以阻挡汽油驱动的车轮。可乡村却真的静了，一种犹如死寂般的沉静。有一次，我曾在一个村庄里四处寻找，可我找不到一个孩子，也找不到一个壮年的男人或女人。他们都去了城里。村里的老人告诉我，他们只在每年春节的时候才回来。

有人说过一句戏言：哪怕村里有棵像样的树，如今也被挖进了城里。我想那棵村里的树此刻就种在无数住宅小区的花园里，只要你推开窗就可以看到一种美丽的田园风光，而我们记忆中的田园呢？恐怕只能翻开书在王维与孟浩然的诗里去重温了。

十年前，写《失明的孝礼》时的那种心境，现在已经想不起来。不过，可以清楚记得，那时的房价远没有现在高，天空中也没有雾霾。我从乡里小镇来到城市，刚过上了以写作为生的日子。一切看上去是那么的恍惚，以至每天睁开眼睛，都是一种乡下人看待城市的目光。而一切似乎又是那么的美好。美好得让一个乡下人开始奢望能在城市安下家，扎下根。

那时候，我住在一幢旧楼的四层。那幢建于70年代的旧楼，有时候它就像生于那个年代的我们。

《失明的孝礼》这个小说意外地获了南方的一个奖项，我清楚地记得，就在我动身去广州的前一天，早上醒来发现放在床头的手机、手表都被盗了，小偷不光掏干净了我的钱包，连裤子上的皮带都没有放过。于是，我提着裤子去马路对面的公安局报案。尽管后来再也没有谁告诉过我这个小案件的结果，十年就这么过去了。十年，它让一个来自乡里小镇的男人改头换面，让他一次又一次地纠正过他的步伐。十年前，他坚信写作是可以改变生活的，但慢慢发现，写作其实改变了他整个的人生。

不知道别人是不是这样，但我确实如此。我总把一个小说的结束，看成内心对一种生活的挣脱。我想在我的一生中都不会经历我的小说《荒日》中马大成的经历，但我同时也能理解一个男人面对困境时所做出的选择，那必定是他内心必然的选择。这是值得我们尊重的。这个世界上还有多少人能真正屈服于自己的内心？其实在一开始的时候是打算写三个关于马长久的故事，从他的死亡开始，用三个中篇来讲述一个人的老、中、青岁月。我把三个题目打进我的文档，然后关掉电脑，面对黑夜开始想象一个人漫长的一生。想象使人忘却。在此后的一年中，人生的变幻使我离开小镇来到城市。生活就是这样，习惯把一个简单的人变得复杂，让一种平淡的人生充满诱惑。我几乎忘掉了曾经对一个人物的苦苦思索，直到有一天傍晚经过少年路时，目睹了一个维吾尔族少年在人行道上焦急地等待他的父亲。这让我重新记起了那个叫马长久的少年，记起了他从乡村来到城市寻找父亲的那个晚上。他在一条 60 年代的石板路上越走越近。写作就是这样奇怪，它可以使一个渐行渐远的人，在一个晚上忽然重回你的面前，并且对你纠缠不休。但写作同时又是那样的无能为力，在那个不算漫长的过程中，我不得不放弃这个孤独的少年，反而挑选了他的父亲。让一个人的一生，变成另一个人的短短几天，这也正是写作的迷人之处。

还有什么可以使片刻成为永恒？

　　此时此刻，重新回忆那段写作日子，我只能看到一个自得其乐的男人与一条暗淡破败的街道。这些印象完全来自一个人的想象，但当我的长辈们在这个物质时代里回忆那个时候真苦的时候，我想起了比现在更年轻时的某一年，我在一座深山里见到一个整天以两个红薯度日的少年。那里的天是那样的蓝，山是那样的绿，水是那样的清，而他的笑容是那样的灿烂。我想那个少年之所以有这样的笑容，是因为他的眼睛里除了天空与山水之外，他并不知道外面的世界是如何的精彩。而我们的苦难正是来源于那些可望而不可即的美好事物，如果世界真是这样，那么信仰也许将会再次因想象而产生。

　　（《作家文摘》2017年总第2054期，摘自《作家通讯》2017年第5期）

小镇里的大文章

徐贵祥

上个世纪 70 年代末至 80 年代末,我在河南驻军某部工作,探亲回乡,先从豫北南下,再从信阳东进,途经固始,很快就到了安徽境内的叶集镇。

接到解放军艺术学院录取通知书的那个夏天,告别老部队之后返乡报喜,一路看见,公路变宽了,路边的树木茂密了,一个个新兴的商业集镇在公路两岸列队,呈现出一派繁荣景象。过了陈淋大桥,就踏上了叶集的土地,举目窗外,看见不远处耸立着一座五六层高的楼房,下面人头攒动,各种货物琳琅满目,倏然,一个竖在地上、高达丈余、宽约三尺的白底红字牌子映入眼帘——皖西市。

那一瞬间,心中一热。叶集镇升格为皖西市了,这么大的事情,我怎么一点都不知道?这太让人惊喜了。

车子再往东边走,不多一会儿回到安在姚李镇的家,亲人团聚其乐融融,吃饭的时候我问父亲,叶集是什么时候成为皖西市的?父亲愕然说,没有啊,叶集还是个镇。我说我看得清清楚楚,从陈淋大桥过来,我一眼就看见了"皖西市"的牌子,应该是界牌。父亲也疑惑起来，第二天找了一辆车子，爷俩进行实地考察，到了地方才发现，那块牌子不是界牌，而是"皖西市场"的招牌，下面的那个"场"字，被一堆货物挡住了。

真相大白，父亲哈哈大笑。我说，我很小的时候就认为叶集是一座城市了。父亲说，那是你的梦想，我说梦想成真是早晚的事情。

在家乡人民的感觉中，霍邱县之所以号称"文藻之乡"，主要依据来自南部洪集、姚李和叶集这三个镇，这三个镇在历史上文化典故和文化名人相对多一些。特别是叶集镇，地处鄂豫皖交界处，大别山和淮西平原在这里接壤，又有史河航运便利，明清时期一直是商业重镇。抗战时期，在富金山战役中，这里还是国民党军宋希濂的指挥部。当然，最重要的是，这个集镇，一个街上，诞生了彪炳文学史册的"未名四杰"——韦素园、李霁野、台静农、韦丛芜，还有蒋光慈、张目寒、赵赤坪等文化大家和革命大家。在我记事的时候，叶集已经有了"楼上楼下，电灯电话"，那时候，它在我的眼里，就是一座城市。进而可以说，当初，"未名四杰"在翻译《被侮辱与被损害的》《外套》《穷人》《往星中》等外国文学名著的时候，蒋光慈创作《少年漂泊者》的时候，台静农创作《地之子》《建塔者》的时候，他们不仅站在了旧时代和新时代的转折处，也站在了城乡接合部，他们立足的精神土地，就是一座蓄势待发的城市。

我一直认为，中国革命同中国文学有着密切的关系，马克思列宁主义、民主与科学精神、世界范围内先进的革命理论，最早是通过文学作品传入中国的，是通过文学作品唤起民众的。为什么在土地革命中大别山民众最早觉醒，为什么改革开放之初叶集就闻风而动，为什么叶集最早并唯一成为安徽省的经济试验区，这一切都同此地文脉昌盛有关。叶集地处三省交界处，千百年来多元文化碰撞。叶集有舟楫之便，近代以来，随着沿海城市开放，西学东渐，凭借长江和淮河航运，接受外来文化，总是近水楼台。又因为地处华东，同上海、南京、武汉等沿海、沿江城市交通便利，常得风气之先，因此叶集人文思维相对发达，视野相对开阔，创新意识一直比较超前。

改革开放以来，叶集发生了翻天覆地的变化。从一个镇到一个计划单列的省级经济试验区，最终正式升格为六安市辖行政建制区，从一个方圆不足三百平方公里、人口仅十余万的小区，到姚李、洪集两镇并入，从而成为一个历史更加悠久、红色文化更加丰富、文学力量更加壮大的文化大区，不过短短的四十年间，确实让人振奋。今天，我们有充分的理由说，没有共产党就没有新中国，没有改革开放就没有叶集区。

2021 年，中华文学基金会工作组赴六安市调研，考察遴选"文学之乡"。在叶集这个刚刚脱胎于乡村的城市，我们看到，新建的文化中心颇具现代色彩，老一辈创建的刊物《未名文学》二度青春，文学创作队伍生机勃勃。

蒙蒙细雨中，我们先后参观了洪集镇文化陈列馆、老街遗址、会馆村杨国夫中将塑像广场、姚李镇文联、群众文化公园、叶集老街台静农纪念馆、江西会馆等。行驶在绵延起伏的冈峦地带，眺望雨中错落有致的建筑，浓浓的诗意从心中冉冉升起。一方水土养育一方人，一方人也养育一方水土，这块土地哺育了文化，文化让这块土地焕发了青春。

调研座谈会上，听区委主要领导介绍"一河两岸一座城"的建设规划，我浮想联翩，做了一个题为"小地方做大文章"的发言，为叶集文化建设建言献策。概略地说，就是"一河两岸三条街四加一"。

"一河"指的是环绕叶集、姚李、洪集三镇的史河，建议挖掘梳理史河沿岸古今中外文化典籍，打造史河文化带，绘制史河流域文化名人地图。"两岸"指的是东岸的叶集城区和西岸的河南固始县陈淋镇区，建议两个城镇跨省合作，统一开发宣传运营，形成文化资源互补，又各自彰显特色。"三条街"指的是，建议兴建鄂、豫、皖三条商贸街，分别体现楚文化、徽文化、中原文化特色。"四加一"指的是，建议叶集率先成立大别山"文学与革命"研究中心，把"未名四杰"故里同金寨县白塔贩乡的蒋光慈故里结合起来研究开发，并以此为轴心，研究大别山文学同大别山革命的关系，研究叶集文化带历史和今天的文学现象。

回到北京，我展开叶集区行政区划地图，视野里的叶集区版图仍然很小，五百七十平方公里，人口二十八万，所辖四个乡镇和两个街道。在华东地区，无论从哪个角度讲，叶集都是一个小区。而面对地图，我却看到了"未名四杰"和蒋光慈们的身影，他们站在大别山北麓，看到的是世界，并且通过文学作品把世界送到了我们的眼前。昨天和今天的叶集建设者们告诉我，我很小，但是我的视野很大，我的格局很大，我的步子很大，我的胸怀很大。

叶集，明天会出现什么呢？一个"集"字，显然已经容纳不下它日益蓬勃的气象，我在心里，一直把它称作"未名区"，我期待，我心中的"未名区"不忘初心薪火相传，以文化的自信，以文学的力量，引导人民群众的精神，建设更加美好的未来。

（《作家文摘》2021年总第2433期，摘自2021年5月3日《安徽日报》）

辑三
想念是相处的利息

交往越多，相处越长，

情感才越深，思念才越真。

纵使亲情，也需要儿时的朝夕相处来维系。

被岁月和父亲所塑造

梁鸿鹰

> 如果想知道自己是不是老了，就看看自己是不是长得越来越像父亲了。
>
> ——佚名

人的一生该是岁月塑造的、相识的人塑造的，是自己塑造的。难道，不更是自己父亲塑造的吗？时间就像一把盲目的刀子，肆意挥舞在父亲的头上，然后是自己的头上，不论地域、时间与人种，再傲慢的人都逃不过这把刀子的砍杀。

1

2016 年 3 月，西班牙作家哈维尔·塞尔卡斯因小说《骗子》获"邹韬奋年度外国小说奖"，他在颁奖仪式上说，我们对承认自己的本来面目断然拒绝。我们能够不厌其烦地说"是"，却永远怯懦地不敢说"不"。我们所有人都扮演着一个角色，正如舞台上的演员一样，我们都是，也都不是我们本来的那个人。

塞尔卡斯说得很有道理。我们都戴着面具生存，这既是生活所赋予的，也是在有意无意中接受的。不管与自己的家人，还是与素不相识的旁人，都摆脱不了"扮演"的宿命。每个"扮演"自己的人，首先都遇到自己的父亲，探究世界的时候，先探究自己的父亲，反思与自己父亲的关系，会导致许多意想不到的结果。

父与子是永恒的话题。世界文学史上那些留存久远的桥段，让儿子们找到掩盖自己的借口，或者在反叛中获得些许虚荣。回望人类历史，人们对这对关系的探讨，纠缠已久，难免被美化、变异、走形。在父与子的冲突中，个体与他人的体验是相近的，林林总总的诠释似乎判然相异。而且，在这个男性为主宰的世界里，人们关于母与女话题的探讨，其实是很不充分的。

我从哪里来、要到哪里去？每当早晨照镜子的时候，他总会问自己一次：你是谁？镜子里的人真的是你吗？你是父亲的儿子吗？头发如父亲般变灰变白，面容像父亲那样，有的地方塌下去、有的地方鼓起来，身上呢？该凸起来的凹下去了，该圆润的地方却支棱起来了。岁月除了给了胡思乱想的头脑，也给了不争气的肚腩。

而且，他异常沮丧地发现，自己和晚年的父亲越来越相像。这个自己最不想看到的局面，猝然地、宿命地出现了，令他无可辩白。五十岁那年有天照了个标准像，取回来着实吃了一惊：自己与父亲墓碑上的那一幅出奇地相像——脸微胖，短头发，目光直视，嘴边略带嘲讽的笑容，像得让他无法躲藏，被迫接受这不想接受的事实。

他这才意识到，父亲的优点，父亲的毛病，父亲走路的步态，包括说话时不时出现的别人听不清楚的字眼，咳嗽时努着劲的声响，出门儿就想往地上吐痰的毛病，以及越来越喜欢吃面食，喝酸汤，吃饭坐不踏实，吃两口就要离桌溜达，等等，如影随形，移步换形，都被百分百地移换到了自己身上。他明白自己终究是父亲的儿子，如同曹禺话剧《雷雨》中繁漪对周朴园的儿子说的那样。

他还想起，早年自己就做过很多以父亲的名义、执行父亲使命的勾当，"以父之名"原来大都是在父亲无力执行一些不合理的、不人性的职责的时候。

2

对于自己所遗传于父母的这张脸，他经常在镜子面前盯望得出神，想从中真看到越来越多的相似度，那笑容，那眉眼走向和说话时嘴唇开合的幅度，似都有来历，有所本，遗传上会有遗漏吗？你有本事加以修改吗？这难道不是宿命吗？

尤其是当他拿到五十岁照的标准像的时候，他才更相信了宿命的力量。此时，他发现自己原来一直扁长的脸好像一下子发福了，变圆了，变丰满了。变得与父亲墓碑上那张照片如影随形。只有气色的不同，肤色的差距，没有大轮廓和气象的不同。他被惊讶得无话可说。

此时，他内心一块柔软的地方被狠狠地击中了。自小就想与父亲保持距离，不想遗传他的行事作风、语言思维方式、生活习惯。尤其是那张我过于熟悉、不想复制过来的面庞。但，现在看来，还是彻底失败了。

他明白，自己是父亲的儿子，必须百分之百接受他的基因，这一点上无可逃遁，没有死角。自从得出这个结论之后，他开始变得易于烦躁、悲观、沮丧。

歌德说："我们赞同的东西使我们处之泰然，我们反对的东西才使我们的思想获得丰产。"他发现自己生命中有个时时需要努力去探索、发现并反思的父亲，他把父亲树成自己极力避免的对象。他一直想赋予自己一个使命，拼命给自己打气，鼓励自己与父亲的行事风格、思维方式和生活习惯保持距离。因为他太知道父亲的毛病了，太清楚他的弱点了。直到发现自己与父亲晚年照片高度相像之后，似乎得到了完全的确证，这种无处可藏的确证，击垮了自己的持守和担当，他不得不考虑全盘顺从宿命，毫无保留。

其实，作为父亲的儿子的这种宿命，他早就承担了起来，而且铁证如山。比如，妹妹进入择偶期的时候，奉父亲之命，他曾努力说服妹妹放弃在大人看来不理智的、没有前途和不划算的社会交往。此时，他完全以"家长"的口吻、立场、态度一本正经、不厌其烦地向妹妹灌输一套陈腐僵化说辞，比如，别给家族蒙羞，门当户对最好，农村人不能找，等等，唠叨个没完，作为父亲的说客和代言人，他吃惊于自己居然那么驯服，那么轻车熟路，完全不顾妹妹的茫然、困惑甚至惊异。此时的他，由妹妹的同盟、伙伴甚至密友，一下子俨然变为居高临下的长辈、说教者，做了自己年龄和身份的叛徒，变为同盟者的敌人，以与自己年龄不相称的成熟，拿出了光宗耀祖、不给家族丢脸、做个争气的好孩子等利器，使劲刺向了妹妹，完全忘记了自己只比她大一岁。父亲角色、价值观、步调上的承传，照葫芦画瓢附着到他身上，即使妹妹表示不解，试图反抗，甚至掉下眼泪的时候，说教也没有停止。

当他口若悬河地完成这一套陈腐理论铺陈的时候，脑海里忽然涌出了曹禺先生话剧《雷雨》中的那句著名的台词——"你终究是你父亲的儿子"。

但妹妹毕竟最依赖、相信哥哥，也懂得先从哥哥下手。后来在父亲尚未推行进一步阻止计划的时候，已经把交往的小伙子带到了哥哥面前，小伙子机灵过人，进门就掏出了价格不菲的"凤凰"烟，让刚学吸烟的哥哥下不了手推却，"不"字说不出口。小伙子一口一个"哥"地叫着，更让他飘飘然，转而帮忙撮合。

3

"遗传"宿命的铁证发生在一次对妻子发脾气的时候。他向妻子高声大吼的一瞬间，忽然意识到，自己带口音的普通话在用词和声调上居然与父亲当年对妈妈呼喊出的话一样一样的，是几乎不失板眼的依样复制，如"滚球开吧""我才不尿你呢"之类。

还有，孩子小的时候，当他训斥无效、被置之不理的时候，居然喊出了"一个逼兜拍（pie上声）死你"这样的话。让自己吃了一惊。孩子在北京出生，根本不知道"逼兜"的意思就是耳光。他们茫然、无解、愣怔。不知道爸爸说的是什么。只有他自己知道这来自父亲的恶劣遗传——固执、易怒、不像样、不上档次。

还有他不时驼着背走路的步态，说话的时候，一只脚放在另一只脚前面，以及他早年的嗜烟。

口味上的遗传更铁证如山，让人老老实实地投降，没有丁点儿辩白的机会。除了异常喜欢喝酒这一条，比如喜欢面食、带馅食物及醋、酱豆腐，喜欢蹲着吃饭。儿子从小吃麦当劳、必胜客、肯德基长大，不喜欢醋，至今拒绝食用。但愿意蹲着吃饭被一个儿子传到手了，这一点连他都自愧弗如。

他至今引以为憾的是，没有从母亲那里遗传到什么，母亲留下的印象过于微弱，相处时间太短，而且为时已晚。对她的短处、毛病、缺点所知甚少，对她的嗜好了解不多。她去得早，给世间留下过多的美好。她确定拥有完美的母亲、女儿、教师和故事讲述者的品质。只是这些角色她都没有履行好，没有来得及履行完。母亲作为故事讲述者是出色的，这一点深深地影响了他的人生。但母亲的生命过于短促，休养和治疗作为她人生的核心，占去了人生的绝大部分时间，使她成为家庭、职业等诸多角色的缺席者、落伍者。这是他一生中的另外大话题。

当然，对父亲的违逆，他有过成功的记录。一次与父亲吵架，他说了一句令父亲张口结舌、颜面大失的话。当时情况是这样的，妹妹学习向来不好，高中也没有读下去。这对以书香门第为傲的父亲来说不啻一个巨大的打击，成为郁闷的心病。但儿子的"榜样"让他在熟人面前挺直了腰杆。由于儿子在求学、读书、就业等方面的表率作用，父亲成为小镇上一个不大不小的突出亮点，父亲为此陶醉了一辈子，在朋友圈里风光了许久。

有次，谈到妹妹学习一直上不去，学不进去，没有出息，他认为家庭环境影响很大。父亲不解地问："那你是怎么回事？"他说："我是战胜了干扰才做到的。"父亲大怒："什么话，我怎么干扰了？"儿子此生在父亲面前第一次表现得硬气十足，回嘴说："你回家就喝酒，一喝一晚上，中午也喝，家里老是坐着很多人，聊天、猜拳、瞎扯，家里能有学习的气氛吗？"忘记父亲怎么说了，只记得他边抽烟边喝酒，脸涨得紫红，眼睛瞪得老大，屋子里的空气登时紧张起来，燥热得让人难以忍受。父亲的脸上浮现不满、困惑、羞愧、惊讶混杂在一起，纠缠在一起，难分难解，难言难说。这次一来一往的谈话，撕裂了父与子心里的很多东西，捅开了他们之间隔膜已久的那张纸，双方自此蒙上一层小小的阴影。

他向来是好儿子、好学生、好干部。这三个"好"令父亲享足了荣耀。父亲的自豪是实打实的，持久的，圈里圈外有口皆碑。而现在儿子的这句话，把作为父亲的骄傲、口碑、荣耀的一角揭了起来，把只有彼此才知道的隐秘一角掀了开来。儿子的"好"，家里享有的声誉，居然来自违逆、抗拒、排斥，这是父亲万万没有想到的。

实情真的是这样。父亲的生活方式非常糟糕。烟、酒作为他的生命和生活方式占用了家里过多的时间。每天抽三四盒烟，每天花在饭桌上的时间超过一般人的三四倍，家里的时间被他主导、占用和挥霍得过多。早饭是边吃饭边喝茶边抽烟。烧卖、馄饨、豆腐脑，样样油大、味重、滚烫，吃一两个小时，对他来说是常事儿。中午回家吃饭要喝酒，而且进门就开喝，凉菜、酱豆腐、白酒、浓茶、香烟，一样不能少。蹲在沙发上，喝到饭熟端上来，总得一两个小时，吃喝完倒头便睡。晚上回来吃饭，照样重复中午的程序，只不过时间拖得更长，微醺之后上床。

而更多的时候，晚上是聚会，是聊天，是直至深夜的流水席。把朋友、同事聚在家里，下班开始喝起，一直喝到大半夜。说笑、聊天、猜拳、劝酒、抽烟，大呼小叫，此起彼伏，众声喧哗。一个月里家中这种事情可以发生五六次，甚至十几次。这对正处于成长和学习期的他和妹妹，能谈得上什么好的影响吗？

但从另一个方面看，这对他却成了好事情。就是逼着他从小立下志向，许下个决死一拼的愿望——永远离开这个家，与这样的生活方式彻底决裂，势不两立；永远逃离这个环境，与这些推杯换盏、吃吃喝喝的生活气氛划清界限，一刀两断。这样一个最浅俗、最本能、最隐秘的信念，支撑着他奋发图强，埋头读书，心无旁骛，支撑着他考出好成绩，以便到大城市，到另外一个地方去生活。而不像父亲所想象的那样，是有什么大志向、有大追求。相反，父亲的生活方式、父亲的啸聚八方、呼朋引伴让他厌烦，使他痛恨，也使他奋起，从而生发和积攒巨大的力量，在对父亲的违逆中获得学业的成功。

每逢假期他就迫不及待地到亲戚家，十八岁离开父亲到外地复读，十九岁到省会求学，然后到北京工作，永远离开了父亲所生活的那块过于熟悉，熟悉得让人有些痛恨的地方。

地域上、生活上是真的离开父亲了，但情感上并没有甩掉父亲，思维方式没有离开父亲，父亲如影随形，以强大的基因，在儿子完全意识不到的时候，于意志之外行使着权力，猝然无防地掌控着儿子，令儿子时时感到抵抗的软弱，狡辩的无力。

4

这就是父亲。直到父亲沿着巨大的烟囱随风而逝，都没有让他彻底猜透，他自以为足够了解父亲，其实不然，他至今无力揭开父亲内心深处的那些幽暗，去探个究竟。因为自己内心同样躲着个野兽，要伺机挣脱牢笼，摇摇晃晃地出来觅食、吃肉、发飙。

早年的时候他认为父亲无所不能，父亲就是自己的敌人，父亲阻止年少的自己实现任何意愿，行使着至高无上的权力而完全不顾儿子的心愿。后来一切都发生了逆转，父亲的狭隘、固执、病痛，使之变为家里的弱势。

德国浪漫派诗人诺瓦利斯有句话说得好："即使听了相同的故事，每个人的体验，也都大为不同。"写下这些东西，希望唤起别人感同身受的阅读热情，但结果并不一定会如愿。

现在连自己也快成了老父亲，儿子们会探究自己吗？他经常问自己。但答案可能是唯一的——肯定会。

（《作家文摘》2016 年总第 1971 期，摘自《十月》2016 年第 5 期）

父子之战

余 华

我对我儿子最早的惩罚是提高自己的声音，那时他还不满两岁，当他意识到我是在喊叫时，他就明白自己处于不利的位置了，于是睁大了惊恐的眼睛，仔细观察着我进一步的行为。当他过了两岁以后，我的喊叫渐渐失去了作用。我开始增加惩罚的筹码，将他抱进了卫生间，狭小的空间使他害怕，他会在卫生间里"哇哇"大哭，然后就是不断地认错。这样的惩罚没有持续多久，他就习惯卫生间的环境了，他不再哭叫，而是在里面唱起了歌，他卖力地向我传达这样的信号——我在这里很快乐。接下去我只能将他抱到了屋外，当门一下子被关上后，他发现自己面对的空间不是太小，而是太大时，他重新唤醒了自己的惊恐，号啕大哭。可是随着抱他到屋外次数的增加，他的哭声也消失了，他学会了如何让自己安安静静地坐在楼梯上，这样反而让我惊恐不安。我开始担心他会出事，于是我只能立刻终止自己的惩罚，开门请他回来。

当我儿子接近四岁的时候，他知道反抗了。有几次我刚把他抱到门外，他下地之后以难以置信的速度跑回了屋内，并且关上了门。

他把我关到了屋外。现在，他已经五岁了，而我对他的惩罚黔驴技穷以后，只能启动最原始的程序，动手揍他了。就在昨天，当他意识到我可能要惩罚他时，他像一个小无赖一样在房间里走来走去，高声说着："爸爸，我等着你来揍我！"

我注意到我儿子现在对付我的手段，很像我小时候对付自己的父亲。儿子总是不断地学会如何更有效地去对付父亲，让父亲越来越感到自己无可奈何；让父亲意识到自己的胜利其实是短暂的，而失败才是持久的；儿子瓦解父亲惩罚的过程，其实也在瓦解着父亲的权威。

人生就像是战争，即便父子之间也同样如此。当儿子长大成人时，父子之战才有可能结束。不过另一场战争开始了，当上了父亲的儿子将会去品尝作为父亲的不断失败，而且是漫长的失败。

我记得最早的与父亲作战成功例子是装病。那时候我已经上小学了，自己假装发烧了，父亲听完我对自己疾病的陈述后，第一个反应是将他的手伸过来，贴在了我的额头上。那时我才想起来自己犯了一个致命的错误——我竟然忘记了父亲是医生。当我父亲明察秋毫的手意识到我什么病都没有的时候，他没有去想我是否在欺骗他，而是对我整天不活动表示了极大的不满。他怒气冲冲地训斥我，我什么病都没有，我的病是我不爱活动。我父亲的怒气因为对我身体的关心一下子转移了方向。

我有关疾病的表演深入了身体内部。在那么一两年的时间里，我经常假装肚子疼，确实起到了作用。由于我小时候对食物过于挑剔，所以我经常便秘，这在很大程度上为我的肚子疼找到了借口。每当我做错了什么事，我意识到父亲的脸正在沉下来的时候，我的肚子就会疼起来。刚开始的时候我还能体会到自己是在装疼，后来竟然变成了条件反射，只要父亲一生气，我的肚子就立刻会疼，连我自己都分不清是真是假。不过这对我来说已经不重要了，重要的是我父亲的反应。

我装病的伎俩逐渐变本加厉，到后来不再是为了逃脱父亲的惩罚，而是开始为摆脱扫地或者拖地板这样的家务活了。有一次我弄巧成拙了，当我声称自己肚子疼的时候，我父亲的手摸到了我的右下腹，他问我是不是这个地方，我连连点头，然后父亲又问我是不是胸口先疼，我仍然点头，接下去父亲完全是按照阑尾炎的病状询问我，而我一律点头。其实那时候我自己也弄不清是真疼还是假疼了。然后，在这一天的晚上，我躺到了医院的手术台上，两个护士将我的手脚绑在了手术台上。父亲坚定的神态使我觉得自己可能是阑尾炎发作了，可是我又想到自己最开始只是假装疼痛而已，尽管后来父亲的手压上来的时候真的有点疼痛。我记得自己十分软弱地说了一声："我现在不疼了。"我希望他们会放弃已经准备就绪的手术，可是他们谁都没有理睬我。那时候，我母亲是手术室的护士长，我记得她将一块布盖在了我的脸上，在我嘴的地方有一个口子，然后发苦的粉末倒进了我的嘴里，没多久我就什么都不知道了。

等到我醒来的时候，我已经睡在家里的床上了。我感到哥哥的头钻进了我的被窝，又立刻缩了出去，连声喊叫着："他放屁啦，臭死啦。"然后，我看到父母站在床前，他们因为我哥哥刚才的喊叫而笑了起来。就这样，我的阑尾被割掉了，而且当我还没有从麻醉里醒来时，我就已经放屁了，这意味着手术很成功，我很快就会康复。很多年以后，我曾经询问过父亲，他打开我的肚子后看到的阑尾是不是应该切掉。我父亲告诉我，应该切掉，因为我当时的阑尾有点红肿。尽管父亲承认吃药也能够治好这"有点红肿"，可他坚持认为手术是最为正确的方案。因为对那个时代的外科医生来说，不仅是"有点红肿"的阑尾应该切掉，就是完全健康的阑尾也不应该保留。我的看法和父亲不一样，我认为这是自食其果。

（《作家文摘》2016年总第1916期，摘自《余华随笔》，余华著，作家出版社2014年1月出版）

苍茫大地

海 飞

　　我一直都认为父亲扶犁的样子是一幅最美的图画,头顶苍穹,脚踩大地,腰间系着一根草绳,微躬的身形和腿肚子上暴绽的青筋是一种力的显示。而他头上的那顶旧草帽和破衬衣上的几个洞,以及闪亮的犁铧掀起黝黑而厚实的泥土,该是一幅粗犷而壮美的图腾。

　　父亲是一个地道得不能再地道的农民。他用他的憨厚和纯朴,用他的汗水和心血种出了大麦、水稻和地瓜、玉米。他用这些粗粮作为他和他的一家生存的资本,并且心安理得地想用这种方法终老一生。他不仅是我的父亲,他还是所有农民后代的父亲。在他的脚下,肥沃的土地结出硕果,野花次第开放,生命无比绚丽无比灿烂。所以,父亲用不着像退休工人一样养鸟养鱼养花——走到田野,田野是家;走到小溪,小溪是家;登上山顶,山也是家。鸟鸣鱼跃花开,什么都拥有了,所以父亲除了健康之外不再奢求什么。而健康,是因为可以多与土地亲近,多一些春播秋收的日子。

　　和所有人一样,父亲的日子在一寸寸短去。光阴的短去,是最无奈的一件事情。父亲像个豪情万丈的诗人一样，大地作笺，锄头为笔，写出了一首首与大豆、黄瓜、小麦、青菜等有关丰收的诗行。然后在某一个秋天来临的日子里，堆起一个个稻草垛。寒冷的日子里，边生起炉火取暖，边剥一个个充满香味的烘山薯。父亲和母亲的生活方式决定了他们不可能有多少收入，他们的财富除了赏心悦目的庄稼外，除了像庄稼一样长势良好的儿子和女儿外，就没有什么了。而他们的一双儿女长出翅膀后相继飞向外面的世界，剩下一对头发半白的老人在某一个黑夜来临时点亮灯，守着那台黑白电视机看那些乏味的电视连续剧。

父亲像热爱生命一样热爱着土地，希望像一棵树一样把根须伸入地下。在分地的时候，他扯着皮尺仔仔细细地量了一遍又一遍，生怕会少了一分一毫。在分地的时候，他还感叹一双儿女户口的迁移，使他少分了许多的好地。多好的土地啊！黝黑黝黑的土地，是生命的源头，也是每个人的归宿。父亲的目光遥望着长满庄稼的土地时总会透出一种深情。

我们已经很难理解老年农民对土地的感情了，作为年轻一代的农民我们大多数走出了村庄，将要或正在告别乡村，接受一些全新的东西。田野里挥锄的是年龄偏大又能把所有农活干得得心应手的真正农民。在父亲的眼里，我和我妹妹都是叛徒，叛变了父亲也叛变了土地。妹妹几次打电话让他和母亲去上海住一段时间。他一直都没去，他说去上海谁照料庄稼，他说上海有什么好，全部是水泥。

社会的发展怎么能离得开水泥呢？"泥"字前边只加了一个"水"字，就成了异常坚硬的一种东西。而我所居住的地方，原先也是大片良田，后来才成了住宅区。我对父亲说，田少了不要紧，楼顶上可以撒上土种花的。父亲说，楼顶可以种庄稼吗？

楼顶好像确实没多少人在种庄稼，倒是父亲一天天在田地里奔忙，装作任重道远的样子，把庄稼料理得一片葱茏。跟在他身后忙碌的永远是我一生辛劳的母亲。而当年她是从大上海插队到乡村的，命运把她推向了广袤的田野。

我祖母离世的时候，父亲带着我们把她送上山坡。父亲的脸上看不出悲伤，却在我祖母坟前长跪不起。他说入土为安，祖母有了另一个归宿。这让我想起长跪在土地上的高加林，《人生》中那个远离土地又回归土地的高加林，社会发展到今天，他还会留在故乡吗？留也好，不留也好，万事万物的最后归宿还是土地，土地上郁郁葱葱的青草是生命的延续。看来父亲一生都要抛在土地上了，他的执着让人感动。而隐在霓虹深处的我，穿着洁白的衬衣和乌亮的皮鞋，走在城市宽敞的马路上。夜深人静时，却常会想起少年时顶着毒辣辣的日头去田里给父亲送饭。年轻的父亲"嘘"的口哨声中，吹来绿色的风，传来田野里花开的声音。而父亲在乌桕树下打盹休息时，稻草作枕头，土地为床，四仰八叉地睡出一种务农人的憨相。

我们生生不息生活的这片土地，生长着茂盛葱茏的爱情，平淡的生活闪着光芒，让我们看到茫茫大地上升腾的氤氲地气，那是泥土的精华。一棵遥远的孤零零的树，会让我们生出许多感动。正因为如此，我们才听到了树生长的声音，以及声音以外，土地那容纳万物的无声歌唱。

我和父亲是不同的，我必须走出乡村去实现在大豆、小麦以外的价值。但不管怎样，我依然能清晰地记得当年我走出村庄时父亲送我越过小溪，翻过土坡。当我走出很远回头望时，他还站在土坡上向我慈祥地挥手。那一刻，我忽然泪流满面，泪珠无声地滴落在土地上。不为别的，只为父亲和父亲脚下那苍茫的大地。

（《作家文摘》2016年总第1978期，摘自《没有方向的河流》，海飞著，当代中国出版社2014年5月出版）

默默的守望

流　沙

　　父亲的书房里杂乱无章，十个平方的面积，放了两张桌子、四把椅子，六七个牛奶箱纸盒、一堆不穿的鞋子。老年人的房间大都是这样的，堆满了各种各样的旧东西。我说："这些东西我给你扔了吧。"

　　父亲看看我，轻声说："不想扔。"

　　我给父亲装配了一台电脑，放在他的书房里。

　　我给电脑装程序，他十分好奇。因为房间太局促了，父亲离我很近，能听到他"呼呼"的呼吸声。

　　我抬头看看他，他也不说话，聚精会神地盯着电脑屏幕。这是我与父亲之间现在的常态，只要我在家里，他的话很少，而他的目光总是随着我移动。与他说话，他总是说"好的"，要么就是笑笑。

　　父亲已经七十岁了，仍然还能接受新事物。地摊上的"戏匣子"买了两个，其中一个专程从乡下赶到城里来送我，他以为城里没有这样的新玩意儿，我又感动又哭笑不得；两元钱一个 USB，他能插在电脑上看里面的越剧，又打电话来告诉我，家里的 VCD 播放机用不着了，意思是让给我用，我同样哭笑不得。

　　我家中的"大事"他都会打电话征询我的意见，这些"大事"其实都是小事，哪个亲戚搬新房送五百还是一千，家中的母狗生了三只小狗是全部送人还是自己养、存款是存一年期的还是三年期的……父亲原来不是这样的人，他一直很强势。在生产队里他是小队长，队员派工和计分他说了算；在家里，自留地种什么种多少，一日三餐吃什么包括菜怎么烧，他也说了算。不知从什么时候起，只要我在场，他的话就少了，他总是在顾及我，许多事情他好像都做不了主了。

　　其实，我二十四年前就离开了故土，老家的许多事和人对我来说，都只剩下记忆，父亲每次打电话来问，我都莫名其妙，把许多事和人都混淆了。但他却能从我的只言片语中得到一些信息，归纳总结一番。

　　有时他会从乡下给我带一些新鲜的果蔬，进了屋，他就坐在客厅里，给他倒茶，他说不要不要，但还是接住了；我让他看电视，他说不用不用，但还是津津有味地看下去。我在家里走来走去，他的目光就移来移去。

　　我慢慢地、慢慢地就理解了，这就是衰老，这就是衰老背后无力和无助引发的，他在心底仰仗你、信任你或又敬畏你、崇拜你，就像我小时候对他一样；还有像老猴王退位之后，看着身强力壮的年轻猴王的那种落寞和悲伤。

　　我记得父亲最后一次对我说"重话"是二十一年前，我中专毕业了，从江苏镇江乘车回杭州，有很多东西。那时没有电话，写信给父亲，让他来杭州武林门汽车站接我。客车误点了，他没有接到我，反而是我先回到了家，他深更半夜才回来，对我说："我在武林门汽车站门口站了整整一天。”

从此后，他再也没有在我面前有过一点点的埋怨。

父亲的头发全部花白且枯干，脸上是一块块的老年斑，他不能久坐，久坐了就会睡着，一有声响，又会惊醒。

我问母亲，那台电脑父亲有没有用过。母亲说，他真的不懂，连移鼠标也移不好。我让他问你，他又不敢打电话来问，他说你忙，怕打扰你。

所谓父母子女一场，有时想想很悲哀，我们之间的缘分，就是此消彼长。就像一棵树和土地，还是种子的时候，土地能包容我孕育我，等我长高了，开出了许多花结了许多果，即便根仍然扎在土里，但树与土地之间，有了越来越远的距离，最后只剩下默默的守望。

（《作家文摘》2015 年总第 1948 期，摘自 2015 年 6 月 12 日《北京日报》）

家的钥匙

阿　成

　　母亲去世之后，我很少回家看望父亲。原因是我同父亲极少有共同的话题。

　　年届八十岁的父亲，现在和离了婚的二妹在一起生活。还是在那个旧楼上住。先前那是一幢看上去还不错的新楼，但几年下来就有点落伍的感觉了，加上父亲的年迈，那种落伍的感觉就更加浓重了。

　　二妹是一个十分勤快又爱唠叨的妇人，所以，父亲的生活起居不用我们兄弟担心。说起来这事儿还真得感谢二妹。

　　母亲活着的时候，父亲的生活是由母亲来照料的，他们是相依为命。人进暮年，相依为命大抵是老一代夫妻的必由之路。

　　父亲的身体还算好的时候，是一个喜欢挑剔的男人。在我的印象中，他和母亲始终是处在一种争吵当中。自然，父母的争吵更多的时候是由母亲做出让步。母亲说，对男人来说，让他们让步是件很伤自尊的事。我却觉得母亲是在向我暗示着什么。

　　尽管我同父亲谈话的时候很少，但在父子极少的谈话当中，我还是觉察到父亲仕途上的不得意，他总是抱怨母亲不出钱送礼，他说，如果母亲给他点钱，买些纸烟之类送给领导，他早就当上处长了。一次父亲极认真地对我说，在那个时代送几瓶罐头就行。我虽没有反驳父亲的话，但心里并不认同他的观点。我的一个当官的朋友曾跟我讲过，对那些有当官欲望的下属就得像赶马车一样，在马头的前面放一捆草，让马总是朝着这捆草走，还要让它吃不着草才行。父亲大抵就是这样一匹不停地走，又总是吃不着草的马。

天意难料，父亲退了休之后，母亲竟先父亲而去了，空落落的房子里只剩下父亲一个人，只好由离了婚的二妹搬回来照顾他。此后，父亲像一尊年久的雕像一样逐渐地风化了，开始的时候他多少还有些挑剔的事，后来就没有了，任凭妹妹怎么唠叨，他的脸平静得像一盆水。

我知道，父亲是孤单的。

在母亲活着的时候，我经常回家——当然，更多的时候是儿子在社会上，在工作上，或者在自己的家庭中受挫的时候才回去的，与其说是看望母亲，莫说是去母亲那里获得一种精神上的慰藉吧。回家之前，我一般会在楼下的饭馆买一两款传统的热菜，让服务生送上去。父亲既然已经退休了，吃饭店的事自然也就断了。儿子买上一两盘老式的热菜，也算是晚辈对离职的父亲一种理解吧。

父亲年轻的时候是很英俊的。看他保存的那张茶色的照片，很像一个50年代的电影明星。据他自己说，40年代在坡镇铁路文化团的时候，他是那个团的编剧。

逢年过节，我总要托朋友弄一瓶纯正的日本清酒给父亲送去。父亲早年曾在日本留过学，他对日本清酒情有独钟，只是他现在老了，喝不动了，不过看到他沉迷地品尝清酒的样子，我们都开心地笑了起来。我常说，人总是生活在回忆中的。今天的日子其实是留给昨天、留给回忆的，明天与未来，我们都不知道会是什么样子，也无从预料。

父亲喜欢吃甜食的习惯似乎也是受了日本人影响。记得他常做那种放黄豆的大米饭，现在我偶尔也做，味道的确是有一点特殊，有一种甜丝丝的清香味儿。

每逢我回家的时候，母亲总会问："儿子，最近怎么样？"我照例说："挺好。"我自然不能将自己内心的苦闷与脆弱向母亲倾诉。我已经是成年人了，成家立业了，我应该有能力处理自己的难题。更何况，凡世中的事说来话长，我不应当把冗长的俗务对自己的母亲倾诉。我只是想在母亲身边坐坐，说一些让母亲开心的事，这就足够了。

记得，我每次走的时候，母亲总是说："儿子，皮鞋擦一擦，衣服穿得整齐一点，精精神神的，像个男人样。"

我说："知道了。"

从母亲那里出来，我总觉得身上增加了某种神奇的力量，人也变得有信心有活力了，可以用充沛的精神风貌去面对茫茫人海了。

人间的岁月总是过得很快，一晃，母亲已经过世多年了。父亲进入八十高龄以后患了脑溢血，留下了颇严重的偏瘫后遗症，行动起来像挣扎一样，十分的困难，他呜呜地讲话，可我这个当儿子的连一句也听不懂。我想，亏着有离婚的二妹照料，不然，他的生活会是一种什么样子呢？

二妹看着偏瘫的父亲叹着气说："看来，我这辈子也不能再结婚啦。"

其实，二妹四十岁，人长得也周正，身体很好的，且又是个理家的好手，为了照顾父亲不再结婚，对父亲无疑是一种大孝，但是对她自己则无论如何是一种残忍了。然而，这人世上的事，亲情之间的事，又有谁能够说得清楚呢？

父亲每每听二妹说这样的话，先是呵呵地乐，然后便呜呜地哭起来。

二妹说："行啦行啦，这又是哪一出啊。"

父亲便立刻不哭了。

昔日里父亲的威严，在不能自理的生活中已经消失殆尽了。有时候静下心来想一想，人的一生也怪可怜的。

母亲辞世之后，在长辈中，父亲是我唯一的亲人了。

在母亲刚刚去世的时候，我去看望父亲，还仅仅是传统式的儿子对父亲的探望与问候而已。想不到时间一久，心境变化了，与昔日看望母亲的目的一样了。

父亲由于偏瘫，行动不便，既不能接电话，也不能为你开门。（他听得清你在电话里说什么，但他说的话你一句也听不懂。于是他不再接电话，躺在床上，任凭铃声响着。）于是，我的口袋里便自备了一把父亲家里的钥匙，倘若赶上二妹出门不在家，我便可以用自备的钥匙打开门进去。

去父亲的家，要经过一个热闹的市场。父亲曾在这儿昂昂地走过春夏，走过冬秋。那时他还在工作岗位上，曾偶尔也有车子来接他，或者去开会，或者去见什么人，或者去吃馆子……他总是那样旁若无人地上车，或者旁若无人地下车。现在这一切都消失了，如逝水般地流走了。生命真的很脆弱呵……

父亲住在三层。

上了楼，打开门，我一边在走廊换鞋，一边高声说："是我。"

二妹若在家，便会从厨房出来说："三哥来啦。看，咱爸又屙裤子了，臭死了。"

我就笑笑，并不搭她的话。

家里还是老样子，和记忆里的家没有任何区别，只是窗台上的花不行了，盆盆都是那种有气无力的样子。记得母亲最喜欢的是那盆扶桑，自母亲死后，秋天里没人给它剪枝了，父亲也不让剪，他好像很忌讳这件事，它就那么任意地长，不再开花了。

躺在病榻上的父亲是不能动的，缩缩成一个小老头了。我过去一脸笑容地说："爸，你气色不错啊，挺好啊。"然后坐下来，点一支烟，同父亲聊天——其实只是我一个人在说。当然，我只说那些开心事以及自己近期的行踪。有时候，我同父亲也聊一些政府及政策上的事，尽管我知道的不多，我还是尽我所知地讲给他听。父亲毕竟是公务员出身，他关心这种事。

父亲听着，偶尔也呜呜地问几句。我便极努力地去听，但听不清他在说些什么。

我说："爸，我听不清你说什么。"

父亲就不再说了。

尽管与父亲见面总是我一个人在说，但是，我内心的那份苦楚却在这样的"交谈"中渐渐地化解掉了。

去看父亲的时候，我从不买东西，只是塞给父亲一点钱。之后，我们父子便相互甜蜜地笑了起来。我知道，父亲在二妹的照顾下过得还好，我知道他不缺什么，但是，买药的钱总应该是不够的吧。

在父亲那里，我待的时间并不长。父亲毕竟是个病人。

每当我要离开的时候，二妹便唠唠叨叨地说："三哥，你想吃什么就吃什么，都这么大岁数了，如果家里不给你做，你就到饭店去吃，要两个菜，要一瓶啤酒，也不贵。"

听妹妹的口气，好像他的哥哥在家里受多大的委屈似的。也可能她觉得母亲不在了才说这样的话。

我说："好的，好的。"

我常在饺子馆里看到一些年老的男人，坐在那里等着吃饺子。我看到他们便想到了自己的明天。我知道，我将来会跟他们一样，儿女走了，出门了，老伴儿万一又不在了，想吃饺子，只好一个人到那里去……

记得一次女儿要买一个DVD，我们一同去了，买这种东西有促销活动，赠送一个折叠的帆布椅。我其实更多的是看好了这个椅子，心想，将来老了，孤家寡人的时候夹着它去江边坐坐吧……

离开父亲的家，走下楼去，走到人头攒动的街上，心里总泛起一股莫名的凄凉，老父亲已经八十多岁了，倘若哪一日天不假年，我这手中的钥匙不就没用了吗？到了那时，其情将何以堪呢？

（《作家文摘》2018年总第2193期，摘自《散文百家》2018年第8期）

母亲的伤痕

刘　墉

大概每个小孩都会问妈妈，自己是从什么地方生出来的。

当我小时候问这个问题的时候，母亲的答案却非常简单——她只是拉开衣服，露出她的肚皮和那条十五厘米长的疤痕，说："看吧！你是医生用刀割开娘的肚子，把你抱出来的。"

虽然那疤痕紫红紫红，又光光亮亮，好像只有一层薄薄的皮肤，随时可能绽开，让我有点害怕，可是不知为什么，每隔一阵就会要母亲再给我看一次。然后，说："好可怕！好可怕！"又问一句，"开刀的时候，会不会好疼？"

"当然疼，娘疼得晕过去。一个多月才能下床，所以说'儿的生日，娘的难日'，娘生你，好苦哇！"

大概因为我是这么痛苦的"产物"，所以从小母亲就管我很严。

被严加看管的日子，一直到我九岁那年才改变。不是母亲的观念改了，而是因为父亲生病，她总得留在医院照顾。

那阵子我像脱缰的小马，直到有一天下午，母亲苍白着脸，坐三轮车回来，一声不响直直地走进家门，我的玩兴才过去。我不再能出去玩，因为我要在家安慰哭得在地上打滚的母亲；我得披麻戴孝，跟着她到每个长辈家去报丧。

我要常常守着家，守着我娘。

父亲死后，母亲对我更严厉了，但是在我做错事，她狠狠骂我，甚至打我之后，又会很脆弱地哭，愈哭愈大声。然后，平复了，她会说："打在儿身，痛在娘心。"接着拉我过去，看我被打的地方，直问"疼不疼？疼不疼？"

她可以打我，但是别人不能打我。记得当我上初中，碰到一个爱打人的导师，总挨藤条，打得一条一条血痕，被母亲发现的时候，她立刻冲去学校骂老师。

老师也对我母亲说了好几次："你这孩子，功课这么烂，再不补习，一定考不上高中。"

但是母亲从不让我出去补习，除了在家附近找过一个大学生，教我一阵子数学，无论别人怎么说，她都不送我上补习班。"就咱们娘儿俩，再出去补习半天，娘一个人，多寂寞！"母亲说。

那时候，我们确实是寂寞的。

年初二晚上一场大火，烧光了我家的一切。母亲花钱请人在院子里紧急盖了一间小草棚。当天晚上，下起倾盆大雨，屋子里到处漏水，我们找了各种破盆烂罐去接，又把床移来移去，还是应付不了，而且愈漏愈厉害。

我实在困了，因为第二天还得上学，母亲叫我先睡，用两件雨衣盖在我身上。雨水滴滴答答地落在雨衣上，渐渐积在凹陷的地方。至今我都能记得，每隔一阵，母亲就掀起雨衣，让雨水流下床的哗啦哗啦的声音。

后来，我们搬到金山街的一栋小木楼。搬到小楼后不久，听说附近胡念祖老师教画，我想学，虽然学费不便宜，但母亲还是很爽快地答应了。那是我从小到大，第一次正式学画，而且三个月之后就得到了全省学生美展的"教育厅长奖"。

拿回奖状，母亲点点头笑笑，没说什么。母亲都是如此沉默，我也习以为常。直到高一下学期，获得全省演讲比赛第一名，由学校主任陪着，从南部奏凯归来，母亲没到火车站接我，才使我有点怅然。

那一天，下着滂沱大雨，主任为我叫了一辆三轮车回家，临上车，他突然很不解地说："人家的爸爸妈妈，有孩子参加比赛，都陪着去，为什么你妈妈从不出现？连你得了这么大的奖，都不来欢迎你？"

我怔住了，因为我从未想过参加比赛需要母亲陪。我的妈妈是老妈妈，妈妈老了，身体不行了，本来就不必陪。但是那主任的话，伤了我的心，车在雨中行，雨水滴滴答答地打在我面前的油布帘子上。我觉得有些失落，开始想，为什么妈妈那么冷。

得奖之后不久，我常胸痛，去检查，医生说是神经痛。有一天夜里咳嗽，肺里呼噜呼噜的，像有痰，突然一张嘴，吐出一口鲜血。

母亲急了，端着盆子发抖，看我一口一口吐。血止住了，天也亮了，母亲叫车，把我送到医院。医生为我照 X 光、检查，接着把母亲叫到隔壁房间，我听见医生在骂，母亲在哭。

住院的日子，母亲总陪在我身边，常坐在那儿，撑不住，就倒在我床边睡着了，我则把自己的被单拉出去，盖在她身上。那年我十七岁，她已经是将近六十的老人。

母亲七十大寿之后半年，我离家，去了美国。

上飞机，一群人来送，母亲没掉眼泪，只沉沉地说："好好去，家里有我，别担心。"

再见到母亲，是两年多之后。长长的机场走廊，远远看见一高、一矮、一小，牵着手，拉成一串。母亲虽然是解放小脚，但走得不慢，一手牵着孙子，一手提了个很重的布包。头发更白了，皱纹更深了，看到我，淡淡一笑："瞧！你儿子长高了吧？"

从那天开始，她除了由我陪着，回过三次国，其余的十九年，全留在美国。

母亲是寂寞的。重听，使她活在了自己的世界；渐渐不良于行，又使她常留在自己的卧房中，尤其冬天，她常一边读《圣经》，一边看着外面的雪地叹气，说她要回台湾。只是那时候医生已不准她远行了。

不过母亲虽老，还是我强壮的母亲。两年前，当我急性肠胃炎，被救护担架抬走的时候，她居然站在门口，对我说："好好养病，你放心吧！家里有娘在。"

从担架上仰望母亲的脸，有一种好亲爱、好熟悉的感觉，突然发觉我已经太久太久不曾仰望慈颜。

她虽然九十一岁了，但是她那坚毅的眼神、沉着的语气，使我在担架上立刻安了心。她让我想起过去几十年的艰苦岁月，都是由她领着走过来的。

半个世纪了。这个不过一百五十厘米高的妇人，漂到台湾，死了丈夫、烧了房子、被赶着搬家、再搬家，然后接过孙子，又迈着一双小脚，跟着我，到地球的另一边。除了我刚出国的那两年，她从来不曾与我分开很久。我整天在家，她整天在我的身边。过去，我是她的孩子；现在，她像我的孩子了。每次出门，好逞强，不要我扶，我就紧紧跟着她，看个胖胖矮矮、走路一颠一颠的大娃娃走在前面。

今天，2 月 18 日，那一幕还在眼前，我的母亲却已经离开了人世。

她是心脏衰竭离开的，像是睡着了，睡到另一个世界。我带着妻，在她床前下跪，磕了三个头。如同她活着的时候，我摸摸她的白发，亲亲她的额头，又亲亲她的脸颊。她的头发仍是我熟悉的味道，她的脸颊还那么光滑，只是已经冰凉。

医院的人过来为她收拾东西，拔除氧气管、胃管和尿管，床单掀起来，看到那个熟悉的疤痕，我的泪水突然忍不住地涌出来：

"就是那个长长的伤口！妈妈！我绝对相信我是您剖开胸、剖开腹，从血淋淋的肚子里抱出来的孩子。"

（《作家文摘》2016 年总第 1929 期，摘自《母亲的伤痕》，刘墉著，安徽教育出版社 2011 年 1 月出版）

两个人的电影

迟子建

母亲今春血压居高不下，我怀疑是故乡的寒冷气候使然，劝她来哈尔滨住上一段时间，换换水土，她来了。说也怪，她到后的第二天，血压就降了下来，恢复正常。我眼见着她的气色一天天好看起来，指甲透出玫瑰色的光泽。她在春光中恢复了健康，心境自然好了起来。她爱打扮了，喜欢吃了，爱玩了，甚至偶尔还会哼哼歌。每天她跟我出去散步，看待每一株花的眼神都是怜惜的。按理说，哈尔滨的水质和空气都不如故乡的好，可她却如获新生，看来温暖是最好的良药啊。

白天，我看书的时候，母亲也会看书。她从我的书架上选了一摞书，《红楼梦》《毛泽东的晚年生活》《慈禧与我》《文化大革命十年史》等，摆在她的床头柜上。受父亲影响，她不止一次读过《红楼梦》，熟知哪个丫鬟是哪一府的，哪个小厮的主子又是谁。大约一周后，她把《红楼梦》放回去，对我说，后两卷她看得不细。母亲说《红楼梦》好看的还是前两卷，写的都是吃呀喝呀玩呀的事情，耐看。而且，宝玉和黛玉那时还天真，哥哥妹妹斗嘴斗气是讨人喜欢的。到了后来，宝玉和宝钗一结婚，小说就不好看了。母亲对高鹗的续文尤其不能容忍，说他不懂趣味，硬写，把人都搞得那么惨，读来冷飕飕的。她对《红楼梦》的理解令我吃惊，起码，她强调了小说趣味性的重要。

母亲对历史的理解也是直观朴素的。那段时间，我正看关于康有为的一些书籍，有天晚饭同她聊起康有为，她说，这个人不好啊，他撺掇着光绪闹变法，怎么样？变法失败了，他跑了。要是不听他的，光绪帝能死吗！为了证明她的判断是正确的，她拿来《慈禧与我》，说那里面有件事涉及康有为，也能证明他的不仁义。母亲翻来翻去，找不见那页了，她撇下书，对我说："不管怎么着，连累了别人的人，不是好人啊。"康有为就这样被她给定了性。

我想让母亲在哈尔滨过得丰富些，除了带她到商场购物，去饭店享受美食，去植物园看牡丹和郁金香外，还带她进剧场。我陪她看了一场京剧，是省京剧院在五月份推出的"京剧现代戏经典剧目回顾展"，上演的是《红色娘子军》《沙家浜》《磐石湾》《海港》等的片段。当舞台上出现穿着蓝军服、戴着红袖标的娘子军时，母亲直摇头。而到了《磐石湾》的演员演唱"负伤痛冲破千层巨浪"时，她干脆堵起了耳朵。好不容易挨到戏散，她得救般地对我说："这样的板戏有什么好看的？太难听了！现在怎么还演这个？这东西怎么还成了'经典'了？"母亲接着说了一大堆传统折子戏的名字，什么《打渔杀家》《贵妃醉酒》《霸王别姬》《杜十娘》《空城计》等，她说："还得是这些老戏是个东西啊，样板戏那叫什么玩意儿啊。"听了她的话，我回去后给她放梅兰芳的唱碟，谁知她对我说："换了换了，我最不喜欢梅兰芳的戏了。"我诧异，问她为什么？她说："我不喜欢男人扮女声，听起来不舒服。"母亲真是本色到家了。

刘老根大舞台最近落户哈尔滨的工人文化宫，每晚都有演出，场面很火爆。我约母亲一同去看，她说："那东西有什么看头？就是耍嘛！"母亲伸出手来，绘声绘色地学着演员："这边观众的掌声不热烈呀，给点掌声好不好啦？"她说她受不了这个。不过她没有拗过我，有一天，我还是把她拉到剧场。虽然不是周末，但上座率还是很高。母亲说得没错，演出一开始，演员就朝观众要掌声，有的还蹦下台，在观众席中怂恿观众鼓掌。高分贝的音乐震耳欲聋，母亲再次堵起了耳朵，一副痛苦状。演出只到半程，当又一位演员出场后耸着肩膀嬉皮笑脸地要掌声时，母亲终于忍不住了，她几乎是用命令的口气大声对我说："咱走吧！"我也没有料到演出是那么低俗，赶紧跟着她出来了。出了剧场，她长吁了一口气，对我说："怎么样？我说就是个'耍'嘛。花着钱遭着罪，再坐下去，我都要犯心脏病了！"

有一天，我和母亲黄昏散步时路过文化宫，看见王全安导演的《图雅的婚事》在上映，立刻买了两张票。我知道这部电影在威尼斯国际电影节上拿了奖。按照票上的时间，它应该开演五分钟了，我正为不能看到开头而懊恼呢，谁知到了小放映厅门口却吃了闭门羹。原来，这场电影只卖出这两张票，放映厅还没开呢。我找来放映员，他说坐飞机要是一个乘客，人家都得给飞，电影票呢，哪怕只卖出一张，他也会给放的。放映员打开门，为我和母亲放了专场电影。当银幕上出现了蒙古包、羊群和纯朴的牧民时，母亲慨叹了一句："这是真景啊。"母亲看过两部流行大片，对里面电脑制作的假景很反感，所以这真实的场景让她觉得亲切。故事很简单，一个女人征婚，要带着"无用"的丈夫嫁人。而这个丈夫之所以"废"了，是打井所致的。这背后透视出的是草原缺水的严峻现实。虽然它与多年前轰动一时的《老井》有似曾相识之处，但影片拍得朴素，自然，苍凉而又温暖，我和母亲被吸引住了，完整地把它看完了。出了影厅，只见大剧场刘老根大舞台的演出正在高潮，演员在台上热闹地和观众做着互动，掌声如潮。

我和母亲有些怅然地在夜色中归家，慨叹着好电影没人看。快到家的时候，母亲忽然叹息了一声对我说："我明白了，你写的那些书，就跟咱俩看的电影似的，没多少人看啊。那些花里胡哨的书，就跟那个刘老根大舞台一样，看的人多啊。"

母亲的话，让我感动，又让我难过。我没有想到，这场两个人的电影，会给她那么大的触动。那一瞬间，我觉得自己是幸运的，因为有母亲在，我生命中的电影，就永远不会是一个人的啊。

（《作家文摘》微信公众号 2017 年 9 月 8 日）

母亲的牙齿

徐则臣

小时候我总担心母亲丢了，或者被人冒名顶替。每次母亲出门前我都盯着她牙上的一个小黑点看，看仔细了，要是母亲走丢了，或者谁变了花样来冒充她，我就找这个小黑点，找到小黑点就找到了母亲，找不到她就不是我母亲。那小黑点是两颗牙齿之间极小的洞，笑的时候会露出来。我们生活在一个村庄里，念高中之前，除了偶尔走亲戚，我的活动范围只在方圆五公里以内。五公里处是镇上，我常跟爷爷去赶集。世界对我来说就这么大，所以世界外面的世界对我来说就很大，大到我不知道有多大，大到想起来我就两眼一抹黑，心生恐惧，大到每次母亲出门我都担心她会在无穷大的世界里走丢了。

母亲每年要去一两次外婆家。外婆离我家也就四五十公里，但因为跨了省，让我倍觉遥远；即使不跨省，四五十公里也不是个小数目，走丢个人不成问题。所以我担心。母亲出门前我就盯着她牙上的小黑点看，努力记忆到最完整全面，一旦该回来时母亲没回来，我就到世界上去找她；如果回来的是另外一个人，就算她长得和母亲像极，我也要看她牙上的小黑点在不在。

过年前母亲也常出门，卖对联。很长时间里我家都不太宽裕，为补贴家用，爷爷每年秋后就开始写对联，积攒到春节前让母亲带到集市上去卖，换个年前年后的零花钱。我爷爷私塾出身，教过很多年书，写一手好字，长久不用也怕荒废，所以秋后闲下来，买红纸调焦墨，一门门对联开始写。十里八乡集市很多，年前的十来天里，每天母亲都得往外跑。年集总是非常拥挤，去晚了占不到好地势；天亮得又迟，早上母亲骑自行车出门时天都是黑的，冷飕飕的星星和月亮在头顶上。我不必起那么早，但如果我醒了，我都要在被窝里伸出脑袋看母亲的牙，那个小黑点。到晚上，天黑得也早，暮色一上来我就开始紧张，一遍遍朝巷口望。如果比正常回来时间迟，我和姐姐就一直往村西头的大路上走，母亲都是从那条路上回来。迎到了，即使在晚上我也看得清那是母亲，不过我还是要装作不经意，用手电筒照一下她的牙，我要确保那个小黑点在。

很多年后我常想起那个小黑点，我对它的信任竟如此确凿和莫名其妙。那时候，我不会告诉任何人，担心说破了，小黑点也可以被伪造；我确信只有我一个人注意到它，它是证明一个人是母亲的最可靠、最隐秘的证据。我的确从来没有告诉过别人。

后来我年既长，事情完全调了个个儿，总在出门的是我，念书、工作、出差，到地球的另外一些地方去，而母亲却是常年待在了家里，小黑点陪着她也常年待在家里。她不必再卖对联，去外婆家可以搭车，去和回都可以遵循严格的时间表，不必再经受安全和未知的考验——我离我的村庄越来越远，进入世界越来越深；我明白一个人的消失和被篡改与替换，不会那么偶然与轻易，甚至持此念头都十分可笑；但是每次回家和出门，我依然都要盯着那个黑点看一看，然后头脑里闪过小时候的那个念头：这的确是母亲。成了习惯。

与此同时，母亲开始担心我在外面的安全和生活。我在哪里读书、工作和出差，她就开始关注哪里的天气和新闻，一有风吹草动就给我打电话，最近如何如何，要当心。在国外也是。那些这辈子她都不会去的国家，那些此前半生她都没听说过的城市，母亲都尽力在电视上搜索它们的消息，只要见到一个和她儿子此行有关的信息，眼睛和耳朵就会立马警醒起来。过去，电视里所有絮絮叨叨的新闻节目她都要跳过去，现在养成了看新闻和天气预报的习惯；我在国内她就关注国内，我在国外她就关注国外。我现在美国中部的一个小城市待几天，她连白宫的新闻也顺带关心上了。我不知道她是否像我小时候那样，需要牙齿上的小黑点来确认一个人的身份，不过可以肯定的是，母亲总是比儿子担心母亲更担心儿子；我同样可以肯定，在母亲的后半生里，我和姐姐将会占满她几乎全部的思绪。

我长大，那个小黑点也跟着长，我念大学时黑点已经蔓延了母亲的半颗牙齿，中间部分空了，成了龋齿。我不再需要通过一颗牙齿来确认自己的母亲，我只是总看到它，每次回家都发现它好像长大了一点儿。我跟母亲说，要不拔掉它换一颗。母亲不换："不耽误吃不耽误喝，换它干吗？"乡村世界里的一切事情似乎都可以将就，母亲秉持这个通用的生活观；我似乎也是，至少回到乡村时，我觉得一切都可以不必太较真，过得去就行。于是每年看到黑点在长大，一年一年看到也就看到了，如此而已。

前两年某一天回家，突然发现母亲变了，我在母亲牙上看来看去：黑点不在了，换成了一颗完好无损的牙齿。母亲说，那颗牙从黑洞处断掉，实在没法再用，找牙医拔了后补了新的。黑点不在，隐秘的证据就不在了，不过能换颗新的究竟是好事。只是牙医技术欠佳，牙齿的大小和镶嵌的位置与其他牙齿不那么和谐，在众多牙齿里它比黑点还醒目。我说，找个好牙医换颗更好的吧，母亲还是那句话："这样挺好，不耽误吃不耽误喝，换它干吗？"能将就的她依然要将就。别的可以凑合，但这颗牙齿我不打算让母亲凑合。它的确不合适。我在想，哪一天在家待的时间足够长，我带母亲去医院，既然黑点不在了，就应该由一颗和黑点一样完美的牙齿来代替它。

（《作家文摘》2016 年总第 1927 期，摘自《到世界去》，徐则臣著，长江文艺出版社 2011 年 12 月出版）

母亲的笔记本

杨晓升

俗话说：人过四十不学艺。母亲已是耄耋之年，可至今仍孜孜不倦，记日记，抄文摘，写半白不白、半古不古的诗（确切地说，更像顺口溜或打油诗）。即便近些年父亲因身体欠佳，每天需要她协助我家阿姨忙前忙后地照顾，为父亲端水送食，遵医嘱一天多次地安排父亲吃药服药，甚或陪父亲谈天说地，为父亲讲新闻，哄父亲一起唱潮曲或回忆旧时往事以打发每天的漫长时间，等等，反正每天家务事大大小小接踵而来，没完没了。何况高龄的母亲自己的生活琐事还需要自理，有时候母亲忙得团团转，甚至累得坐下来休息时不住喘气，可她依然不忘三天两头地挤时间，从抽屉里掏出笔记本，端起笔沙沙沙地记录着什么。乐此不疲，几乎从不间断。

母亲目前共有四册不同类型、仍未写完的笔记本（以前还有多少册她自己也记不清了，因为她近年是到京城来居住的，以前的都放在广东老家了）：一本是家庭生活记录，上面三天两头地记录着我们这个大家庭生活中发生的点点滴滴，大到我家共同关心的国内外新闻或旧闻，小到我们全家老小生日过节、迎来送往、喜事愁事，或儿孙们的工作或学习业绩，更小的还有一日三餐、购物购衣和其他的家庭收支，当然更多的还是生活随感，喜怒哀乐、酸甜苦辣尽在她的记录之中。母亲的三儿一女四孙，每个人的性格如何，优缺点如何，家庭表现怎样，谁工作更加出色，以及谁对他们二老更加孝顺，全都能在母亲这本"家庭生活实录"和"家庭生活大全"中找到自己的镜像。可以说，我们全家每个家庭成员的基本情况尽在母亲的观察和记录之中，所以我们姐弟几个甚或孙子孙女，谁都在意自己在母亲心目中的形象，谁都希望有好的工作业绩和好的家庭表现。

母亲的第二本笔记本，是唐诗宋词等经典名篇和古往今来、古今中外警句名言摘抄。可贵的是，母亲不是为摘抄而抄，也不是仅仅为了练字，更不是抄了之后将其束之高阁。母亲抄那些唐诗宋词或警句名言，是为了闲暇时反复研读、欣赏，甚至是为了默记背诵。都八九十岁的人了，可母亲至今能背诵岳飞的《满江红》，苏轼的《水调歌头》，关汉卿的《窦娥冤》，周敦颐的《爱莲说》，等等。她甚至能背诵更长的名篇，如白居易的《长恨歌》《琵琶行》，诸葛亮的《前出师表》，李密的《陈情表》，林觉民的《与妻书》，等等。至于《毛主席诗词》，母亲能背诵的就更多，可以说是脱口而出，倒背如流。母亲的这本笔记本的第一页上工工整整写着这样的文字：退休老人，闲暇无聊。学点诗词，练笔练脑。

母亲的第三本笔记本，则是用顺口溜和打油诗写的生活随感，如 2009 年母亲生日时写的《生日颂》，之一："天高气爽艳阳天，杨门一派呈吉祥。盆花盛开兆头好，瑞气洋溢焕芬芳。九月十二娘生日，合家大小喜开颜，儿孙为娘添福寿，美满家庭多温馨。"之二：

"大儿远道来祝贺，二儿买来大蛋糕。三儿出差来贺电，儿媳添买新衣裳。女婿孝敬长寿面，女儿亲手煮甜蛋。欢聚一堂庆生日，儿孙齐祝奶奶好。人生有此天伦乐，二老齐全福气厚。"之三："国家盛世民发展，儿女成家又立业。各展才能为家国，奉献社会创诗篇。孙辈一代有出色，奋发攻关列前茅。下代前景更美好，堪慰桑榆上辈人。但愿满门平安福，孝顺美德代代传。"近年父亲年迈生病，母亲终日围着照顾父亲，难以出门活动游玩，有时候不免心生怨气，可这怨气都是昙花一现，她很快会自我调整。母亲在 2014 年 10 月 20日写的《真情相待心才安》中这样描述她的心境："风雨同舟五十年，相濡以沫两相依。病痛之中多安慰，悉心关照细护理。再苦再累仍挺住，压力多大责不辞。老伴老伴永为伴，真情相待心才安。"

　　母亲的第四册笔记本，是专用于收集、记录生活，尤其是生活中的小技巧，诸如淘米水的妙用、米饭怎么做更好吃等，还有水果怎么保鲜，每天什么时候吃水果更科学，换季衣物应该如何清洁保存等，当然更多的还是健康保健知识。得益于我的工作，这些年报刊界的朋友每年免费为我家赠订了好几份报纸，像《文摘报》《报刊文摘》《作家文摘》《北京晚报》《北京法制报》《北京青年报》《家庭》《知音》杂志等，每当我从报箱将报刊带回家里，母亲又愁又喜。愁的是本来就琐事繁多终日忙碌的她又增添了时间的压力，喜的是这些报刊中又有很多的新闻和知识引诱着她。而我发现，无论她多么忙碌和心烦，没多久那些新来的报刊就被母亲的剪刀裁剪得千疮百痍，而她那本专门收集知识的笔记本则又新添了大小不一的各色剪报，同时新添了母亲娟秀有力的一行行字样。不难想象，母亲收集剪报时就如辛勤的蜜蜂快乐地扇动着翅膀，穿行于报刊的百花园中，贪婪地采集着知识的花粉、吮吸着知识的琼浆蜜汁……

以前我只知道母亲喜爱收集知识、抄抄写写、记录什么，不知道她究竟写了什么、写了多少。因为应文友之约要写这篇短文，征得母亲同意要翻看母亲的笔记本，不料她一下子搬出了厚厚几册，而且如此分门别类。母亲当了数十年的乡村教师，辛苦操劳了一辈子，晚年本可以彻底放松享受天伦之乐，没想到她仍如此孜孜不倦、如此勤奋好学。我心疼母亲的身体，劝她悠着点，也好奇地问她，这么大年纪为何还要如此辛苦地记录、抄写、收集知识，母亲笑着说："不为什么，就是喜欢。"此时此刻，母亲笑得是那么舒坦、那么甜蜜，那笑像秋天的寿菊一样灿然开放、芬芳四溢。我明白了，母亲忙碌之余仍乐此不疲地记录、抄写着什么，肯定是乐在其中、也从中得到了欢乐、充实与满足。

而后，我又从母亲的记录本中发现她 2008 年抄写的一首《台湾歌谣》：

> 人生七十正开始，八十满满是。
>
> 九十算来不稀奇，一百笑眯眯。
>
> 六十还是青少年，五十小孩儿。
>
> 四十睡在摇篮里，哎哟哟，三十才出世。

（《作家文摘》2017 年总第 2038 期，摘自 2017 年 5 月 13 日《人民日报·海外版》）

母亲的时光

王晓君

母亲从一生下来我之后就老了。三十八岁的她在生完我之后的许多年里，经常被不相识的人误认为我的姥姥或奶奶。

在我的印象中，母亲的身体一直很弱，隔三岔五就要吃一些治肾、治风湿的药，这和父亲不无关系。年轻时，父亲在外地工作，经常不在家，而且一走就是个把月，撇下母亲一个人，上有年迈的爷爷奶奶，下有不懂事的孩子，天天都有干不完的活。就连盖房子那么大的一项工程，也都是母亲一个人张罗的。"年轻的时候总有使不完的劲儿，不像现在，上趟街回来之后几天都反不过乏来。"母亲说。

在我的脑海中，母亲是个不幸的女人。她九岁的时候，我姥爷就去世了，两年之后，十一岁的母亲被日本人抓去做了童工。某一天，这个十一岁的童工在休息的时候，爬到堆得山一样高的麻堆上睡着了，当她醒过来时，她的脖子上、脚上缠满了麻，她被日本人推推搡搡地逼着到街上游行，罪名是"偷麻犯"。

三年之后，我姥姥撇下六个孩子中的五个大的，带着一个最小的改了嫁，远走他乡。是母亲的爷爷一边看守着果园，一边既当爹又当妈地把母亲和比她还要小的两个妹妹抚养成人。

母亲经常念起和她爷爷的往事："我们住在果树林里，四周没有人烟，夜里经常有狼出没，现在回想起来还觉得头皮发怵，幸亏有爷爷，听到狼的叫声他就大声地嚷嚷。其实他也怕，他紧紧地搂着我们，挤得大大小小一个个喘不过气儿来。现在想起来，好像就是昨天的事。"

那个年代对于我来说太陌生了，许多事情都无法想象，但我可以感觉，那是母亲一生中最快乐的时光。

母亲的一生中也有不少快乐的时光——二十岁时，她光荣地加入了中国共产党；二十一岁时，当上了县妇联主任；二十二岁时，和年轻有为的爸爸一见钟情；二十四岁时，做了一个女婴的母亲；十八年之后，这个大女儿考上了大学……

在母亲眼中，大姐是最让她感到骄傲的，也是小时候挨打最多的。"那时候太年轻，气着了累着了就打孩子。不像现在，再怎么生气也不肯骂你们一句。"母亲不止一次这样说。大姐身上集中了父母的全部的优点，漂亮、聪明、活泼开朗，并且能歌善舞，可就是这样一个姐姐，竟然在大学毕业参加工作的第一年，因为工作中的一点小挫折，一时糊涂，做了让白发人送黑发人的事情。

这件事给母亲的打击非常巨大，一夜的工夫，她的头发白了一半还多。

那一年，母亲只有四十六岁。

由于家庭的一系列变故，我们家从乡下迁到了市里。离开的那天，天空飘着细细的小雨，很多乡邻都赶来为我们送行，雨水和泪水交织在一起，洒在故乡的土地上。母亲走一步回一下头，她不忍与相处了几十年的乡邻告别，更不忍与那座凝聚了她心血的住了几十年的老房子告别，在风雨的侵蚀、岁月的磨砺中变得陈旧的老房子，在身边无数的新房子中间，它是那么引人注目。

前一段时间，我经常做梦，梦见母亲不见了。醒来时，枕巾湿湿的，身边空空的。

事实上，我的恐惧是毫无缘由的——母亲的身体从来没有像现在这么健康，连感冒也很少有。"我一个人能照顾好自己。只要你们过得比我好。"母亲的情绪也从来没有像现在这么稳定，连一滴眼泪也很难在她脸上看到。"都哭了一辈子了，也该歇歇了。"

今天，她又像当年送她的大女儿那样，送她的小女儿走出家门。路上，母亲又忍不住开始絮叨："你一个人在外面，凡事都要想好了再做，这年头，凡事都要靠自己，自己强比靠什么都强。我老了，能少给你们增加负担我就已经很知足了。"

母亲的头发几乎全白了，在突如其来的秋风中，它们显得越发的干枯，没有主张，就像一团枯黄杂乱的野草，在风中唱着岁月如歌。

今年八月十五的晚上，皓月当空，夜凉如水，我筋疲力尽地回到居所，伫立于窗前，往事一一涌上心头。突然想起远在他乡的母亲，就马上给她拨了电话。在电话的那端，一个声音问："你，一个人吗？"另一个声音又问："你，也是一个人？"然后是片刻的沉默。然后是一些重复了上百遍却总像第一次听到的话语。

再次回到窗前，凝眸注视着窗外的茫茫黑夜，一些久违的时光一一重现。

（《作家文摘》2018年总第2150期，摘自《约会后的一声叹息》，王晓君著，华文出版社2018年3月出版）

再选你的父母

毕淑敏

我猜很多人一看到这个题目的名称，就大不以为然，甚至愤愤然了，觉得毕淑敏是不是昏了头，父母是可以再选的吗？这题目简直就是违背天伦。

请您相信我，我没有一丁点想冒犯您的意思，也不是为了震撼视听、哗众取宠，实在是为了您的心理健康。

父母可不可以批评？我想大家理论上一定承认父母是可以批评的。可实际上，有多少人心平气和地批评过我们的父母，并收到了良好的回馈，最终取得了让人满意的效果呢？我们能客观地审视父母的优劣长短、得失沉浮吗？我相信愤怒的青年可以大吵一架离家出走，但这并不代表着他能公允地、建设性地评价父母。也许有人会说，那是历史了，我们有什么理由在很多年后，甚至在父母都离世之后，还议论他们的功过是非呢？

我想郑重地说，有。因为那些历史并没有消失，它们就在我们心灵最隐秘的地方，时时引导着我们的行为准则，操纵着我们的喜怒哀乐。

　　父母是会伤人的，家庭是会伤人的。当我们还是孩子的时候，我们无力分辨哪些是真正的教导、哪些只是父母自身情绪的宣泄。我们如同酒店里恭顺的小伙计，把父母的话和表情，还有习惯和嗜好，如同流水账一般记录在年幼的脑海中。他们是我们的长辈，他们供给我们吃穿住行，在某种程度上说，我们是凭借他们的喜爱和给予，才得以延续自己幼小的生命。那时候，他们就是我们的天和地，我们根本就没有力量抗辩他们、忤逆他们。

　　你的父母塑造了你，你在不知不觉中重复着他们展示给你的模板，你是他们某种程度的复制品。分析他们的过程其实是在分析你自己。

　　请你准备一张白纸，让思绪和想象自由驰骋。在白纸上方写下你的名字，左边写上"再选"二字。现在，纸上的这行字变成了"再选×"，你在这行字的右面写上"的父母"三个字。

　　请你郑重地写下你为自己再选的父母的名字。我猜你一定会狠狠地愣一下。虽然我们对自己的父母有过种种的不满，但真的把他们淘汰了，你一定目瞪口呆。

　　谁是我们再选父母的最佳人选呢？你不必煞费苦心，心灵游戏的奥妙之处就在于它的一闪念之中。你的潜意识如同潜藏深海的美人鱼，一个鱼跃，跳出海面，露出了它流线型的身躯和嘴边的胡须。原来，它并非美女，也不是猛兽。关于你的再选父母的人选，你把头脑中涌起的第一个人名写下就是了。

　　他们可以是英雄豪杰，也可以是邻居家的老媪；可以是已经逝去的英豪，也可以是依然健在的大款；可以是绝色佳人，也可以是末路英雄；可以是动物植物，也可以是山岳湖泊；可以是日月星辰，也可以是布帛黍粟；可以是一代枭雄，也可以是飞禽走兽；可以是自己仰慕的长辈，也可以是弟妹同学……总之，你就尽量展开想象的翅膀，天上地下地为自己选择一对心仪的父母。

你再选的父母是什么类型的，这不重要。重要的是你在这个游戏中重新认识了你的父母，你在弥补你童年的缺憾，你在重新构筑你心灵的世界。你会发现自己缺少的东西、追求的东西到底是什么。

有个农村来的孩子，父母都是贫苦的乡民。在重选父母的游戏中，他令自己的母亲变成了玛丽莲·梦露，让自己的父亲变成了乾隆。

我问他："玛丽莲·梦露这个女性，在你的字典中代表了什么？"

他回答说："她是我见过的最美丽和最现代的女人。"

我说："那么，你是不是觉得自己亲生母亲丑陋和不够现代？"

他沉默了很久说："正是这样。"

我说："先问你一个问题，如果父亲不是乾隆，换成布什或布莱尔，要不就是拉登，你认为如何？"

他笑起来说："拉登就免了吧，布什或布莱尔当然可以。"

我说："你希望有一个总统或是皇上当父亲，这背后反映出来的复杂思绪，我想你能察觉。"

他静默了许久，说："我明白那永远伴随着我的怒气从何而来了。我仰慕地位和权势，我希图在众人视线的聚焦点上。我看重身份，热爱钱财，我希望背靠大树好乘凉……当这些无法满足的时候，我就怨天尤人，心态偏激，觉得从自己一落地就被打入了另册。"

我说："谢谢你的这番真诚告白。只是事情还有另一面的解释，我不知你想过没有。"

我说："这就是你那样平凡贫困的父母在艰难中养育了你，你长得并不好看，可他们没有像你嫌弃他们那样嫌弃你，而是给了你力所能及的爱和帮助。他们自己处于社会的底层，却竭尽全力供养你读书，让你进了城，有了更开阔的眼界和更丰富的知识。他们明知你不以他们为荣，可他们从不计较你的冷淡，一如既往地以你为荣。他们以自己孱弱的肩膀托起了你的前程，我相信这不是希求你的回报，只是一种无私无悔的爱。

"你把玛丽莲·梦露和乾隆的组合当成你的父母的最佳结合，恕我直言，这种跨越国籍和历史的组合，攫取了威权和美貌的叠加，在这后面你是否舍弃了自己努力的空间？在你的这种搭配中，我看到的是一厢情愿的无望，还有不切实际的奢求。"

请你静静地和你的心在一起，面对着你写下的期望中的父母的名字，去感受这种差异后面麇集的情愫。发现是改变的尖兵。

（《作家文摘》2020 年总第 2351 期，选自《一个人就是一支骑兵》，毕淑敏著，湖南文艺出版社 2020 年 7 月出版）

外婆的世界

李　娟

　　第一年，向日葵漫野开放的盛景照亮外婆人生最后一段道路。仿佛是我唯一的安慰。仿佛我无法给她的勇气与热情，葵花给她了。

　　之前外婆大部分时候跟着我生活，有时也送到乡下由我妈照顾一段时间。

　　有一次我妈打电话给我，非常害怕的口吻："娟啊，你赶快回家吧，情况有些不对……"

　　"是不是外婆她……"

　　"唉，你外婆越来越不对劲儿了，你要是看到她现在的样子，肯定会吓一大跳。天啦，又黑又瘦，真是从来也没见她这么黑过，是不是大限要到了？你赶快回来吧，我很害怕……"

　　我赶紧请假回家，倒了两趟车，路上花了一整天，心急如焚。到家一看，果然外婆脸色黑得吓人，并且黑得一点儿也不自然，跟锅底似的。

　　我又凑近好好地观察。

　　回头问我妈："你到底给她洗过脸没有？"

她想了想："好像从来没有。"

外婆跟着我时，总是白白胖胖，慈眉善目的；跟着我妈时，整天看上去苦大仇深的。但这怎么能怪我妈呢？我妈家大业大，又是鸡又是狗又是牛的，整天忙得团团转，哪能像我一样专心。

在阿勒泰时，我白天上班，外婆一个人在家。每天下班回家，一进小区，远远就看见外婆趴在阳台上眼巴巴地朝小区大门方向张望。她一看到我，就赶紧高高挥手。

后来我买了一只小奶狗（就是赛虎）陪她。于是每天回家，一进小区，远远就看见一人一狗趴在阳台上眼巴巴地张望。

我觉得外婆最终不是死于病痛与衰老，而是死于等待。

每到周六、周日，只要不加班，我都带她出去闲逛。逛公园，逛超市，逛商场。

阿勒泰对于她是怎样的存在呢？每到那时，她被我收拾得浑身干干净净，头发梳得一丝不乱。她一手牵着我，一手拄杖，在人群中慢吞吞地走啊走啊，四面张望。

看到人行道边的花，她喜笑颜开："长得极好！老子今天晚上要来偷……"

看到有人蹲路边算命，她就用自以为只有我听得到的大嗓门说："这是骗钱的！你莫要开腔，我们悄悄眯眯在一边看他怎么骗钱……"

在水族馆橱窗前，她举起拐棍指指点点："这里有个红的鱼，这里有个白的鱼，这里有个黑的鱼……"水族馆老板非常担心："老奶奶，可别给我砸了。"她居然听懂了："晓得晓得，我又不是小娃儿。"

进入超市，她更是高兴，走在商品的海洋里，一样一样细细地看，还悄声叮嘱我："好生点，打烂了要赔。"

但是赛虎不被允许进入超市。我便把它系在入口处的购物车上。赛虎惊恐不安，拼命挣扎。我们心中不忍，但无可奈何。外婆吃力地弯下腰抚摩它的头，说："你要听话，好生等到起，我们一哈哈儿就转来。"

赛虎一个月大就跟着外婆，几乎二十四小时不分离。两者的生命长久依偎在一起，慢慢就相互晕染了，它浑身弥漫着纯正的外婆的气息。它睁着美丽的圆眼睛看着我，看得我直心虚——好像真的打算抛弃它一般心虚。

接下来逛超市也逛得不踏实。外婆更是焦急，不停喃喃自语："我赛虎长得极光生（极漂亮），哪个给我抱走了才哭死我一场……"

我一边腹诽，"那么脏的狗，谁要啊"，一边却忍不住生出同样的担忧。

每次逛完回到家，她累得一屁股坐到床上，一边解外套扣子，一边嚷嚷："累死老子了，老子二回再也不出去了。"

可到了第二天，她就望着窗外的蓝天幽幽道："老子好久没出去了……"

那时候，我好恨自己没有时间，好恨自己贫穷。我哄她"明天就出去"，却想流泪。

除此之外，大部分时间她总是糊里糊涂的，总是不知身处何地。常常每天早上一起床，她就收拾行李，说要回家，还老向邻居打听火车站怎么走。

但她不知道阿勒泰还没通火车。她只知道火车是唯一的希望，火车意味着最坚定的离开。在过去漫长的一生里，只有火车带她走过的路最长，去的地方最远。只有火车能令她摆脱一切困境，仿佛火车是她最后的依靠。每天她趴在阳台上目送我上班而去，回到空空的房间开始想象火车之旅，那是她生命之末的最大激情。

她在激情中睡去，醒来又趴到阳台上，直到视野中出现我下班的身影。

她已经不知时间是怎么回事了。她已经不知命运是怎么回事了。

她总是趁我上班时，自己拖着行李悄悄跑下楼。她走丢过两次，一次被邻居送回来，还有一次被我在菜市场找到。

那时，她站在那里，白发纷乱，惊慌失措。当她看到我后，瞬间怒意勃发，好像正是我置她于此等境地。但她没有冲我发脾气，只是愤怒地絮絮讲述刚才的遭遇。

有一次我回家，发现门把手上拴了条破布，以为是邻居小孩子的恶作剧，就解开扔了。第二天回家，发现又系了一根。后来发现单元门上也系上了。原来，每次她偷偷出门回家，都认不出我们的单元门，不记得我家的楼层。对她来说，小区的房子一模一样，这个城市犹如迷宫，于是她便做上记号。

这几块破布，是她为适应异乡生活所付出的最大努力。

我很恼火。我对她说："外婆你别再乱跑了，走丢了怎么办？摔跤了怎么办？"

她之前身体强健，但自从前两年摔了一跤后，便一天不如一天。

我当着她的面，把门上的破布拆掉，没收了她的钥匙。

她破口大骂，哭喊着要回四川，深更半夜拖着行李就要走。

我筋疲力尽，灰心丧气。

第二天我上班时就把她反锁在家里。她开不了门，在门内绝望地号啕大哭。

　　我抹着眼泪下楼，心想，我一定要赚很多钱，总有一天带外婆离开这里。

　　那是我二十五岁时最宏大、最迫切的愿望。

　　就在那个出租屋里，赛虎第一次做母亲，生了四只小狗。外婆无尽欢喜，张罗个没完，然而没几天又糊涂了。一天吃饭时，她端着碗想了半天才对我说："原来这些奶狗是赛虎生的啊？我还以为是买回来的，还怨你为啥子买这么多……"没等我做出回应，她突然又提到另一件事，说八十年前有一家姓葛的用篾条编罩子笼野蜂，又渐渐将其驯化为家蜂。每次"割蜂蜜"能"割"三十桶，然后再"熬黄蜡"。细节详细逼真，听得我毛骨悚然。

　　我还没回过神，她又说起头天晚上做的梦。说有个人在梦里指责她，说她不好。她问道："哪里不好？"对方说："团团（到处）都不好。"

　　她边笑边说："老子哪里就团团不好了？"

　　可就在昨天早上，她不是这么说的。梦里的那个人明明是说她好。她问："哪里好？"对方说："团团都好。"

　　我便提醒她，帮她把原梦复述一遍。她放下筷子，迷茫地想了好久。

　　我突然意识到自己介入她的世界太深。

　　她已经没有同路人，她早已迷路了。她在迷途中慢慢向死亡靠拢，慢慢与死亡和解。

　　我却只知一味拉扯她，不负责地同死亡争夺她。

　　我离她多远啊，我离她比死亡离她还要远。

　　我和她生活在一起，终日在她的时光边缘徘徊。——奇异的，难以想象的孤独的时光。如蚕茧中的时光。我不该去试探这蚕茧，不该一次又一次干扰她的迷境。以世俗的，自私的情爱。

　　每天我下班回家，走上三楼，她拄着拐棍准时出现在楼梯口。那是我今生今世所能拥有的最隆重的迎接。每天一到那个时刻，她艰难地从她的世界中抽身而出。在她的世界之外，她放不下的只有我和赛虎了。我便倚仗她对我的爱意，抓牢她仅剩的清明，拼命摇晃她，挽留她，向她百般承诺，只要她不死，我就带她回四川。坐火车回，坐汽车回，坐飞机回，想尽一切办法回。回去吃甘蔗、吃凉粉，吃一切她思念的食物，见一切她思念的旧人……但是我做不到。我妈把外婆接走的那一天，我送她们去客运站。再回到空旷安静的出租屋，看到门把手上又系了一块破布，我终于痛哭出声。我就是一个骗子，一个欲望大于能力的骗子，而被欺骗的外婆，拄着拐棍站在楼梯口等待。她脆弱不堪，她的愿望也脆弱不堪，我根本支撑不了她，拐棍也支撑不了她。其实我早就隐隐意识到，唯有死亡能令她展翅高飞。

　　（《作家文摘》2017年总第2032期，摘自2017年4月19日《文汇报》）

想念是相处的利息

刘诚龙

我母亲姐妹六个，三位嫁农民，三位嫁工人，嫁农民的，苦一些，嫁工人的，相对富一些。我听母亲说，外婆曾制定了富帮穷政策，一对一，叫某某跟某某结对子，对子间经常走动，其他姐妹间，除了满十、娶媳、嫁女、乔迁等大喜事外，可走动可不走动。

我母亲跟满姨结对，满姨家住煤矿区，只有我姨父工作，当"窑弓子"，满姨家日子过得也不富裕，但因姨父工资还算高，满姨也做些临时工，家境比我们好，两家走得勤。姨父星期天爱扛着一把猎枪到我们村的山上打鸟，不管多晚，都会到我家来喝杯茶；满姨隔三岔五给母亲送点儿粮票、布票，记得送得最多的是包子，煤矿食堂里的包子，我曾一次吃下七个。满姨来我家多，我们去满姨家也勤快，地里结南瓜、丝瓜、茄子、辣子，河里捉了鱼，抓了泥鳅，我们都会给满姨家送去一些。

如今，母亲与她的姐妹，都已经老了，各自家境差不多，按说已无须再穷富结对，可以按血缘来梳理亲情了。姐妹们嫁得不远，以外婆家为圆心，大体散落在十到二十里的范围内，像是外婆手里抓了一把花种，往空中一抛，然后女儿们落地生根开花结果。可是我发现，母亲的姐妹，互相走动的，依然是当初外婆安排的对子，我母亲跟满姨、四姨跟大姨、二姨跟五姨。母亲跟我住后，常常念叨的是满姨；往我这里打电话问母亲好的，也常是满姨；其他几位姨，除了过寿辰，平时并不怎么联系。

到了我这一代，更是这样。五姨家，我至今都没去过，我那些表兄弟姐妹们，很多也都没见过面。而现在常常串门的，多是满姨家的子女，我有任何事，找不到人帮忙，首先想起的也是他们；他们若有事，也来我家诉说；逢年过节，心头所想，脚之所移，满姨家表姐表弟朝向的，是我家的方向；同样，我口里乏味，心上发堵，想找个地方散散心，方向盘转的，也多是满姨家的表姐表弟家。

一样的代际，一样的血缘，一样的亲情，缘何是不一样的感情？想来想去，大概是源自早些年的交往与相处吧。交往越多，相处越长，情感才越深，思念才越真。纵使亲情，也需要小时候的朝夕相处来维系。兄弟姐妹间，真正的缘分也就那么十多年，小时候，一个锅里吃饭，一张床里蹬被，一间屋里打架，然后姐妹各嫁一方，哥俩分居两处，一年到头迎来送往一两回，也是走亲戚了。而如果当年不曾耳鬓厮磨、日夜相处，那么兄弟姐妹之间，还会那么有乐同享、有难同担吗？

过去相处，等于是感情存款，存款越久，感情利息越多。想念是相处的利息，牵挂是牵手的利息。亲情的利息不是以金钱计算的，若说金钱，皇室投入给子女的，无人能比。山野村夫，给子女穿得不好，住的茅棚，但贫家子弟，孝父敬母更真挚深切，其中缘故，大概是投入时间之爱，而非金钱之爱吧。

日久生情，日久生息，如果朋友之间、亲人之间，分别是我们人生路上的缘分，那么尽量让我们多牵牵手，多对对眼，多聚聚会，多珍惜彼此能在一起的点点滴滴。

（《作家文摘》2016 年总第 1902 期，摘自 2016 年 1 月 11 日《北京广播电视报·人物周刊》）

我家的猫和老鼠

毕飞宇

  我有两个姐姐，大姐长我六岁，而二姐只比我大一岁半。我们是在无休无止的吵闹和绵延不断的争斗当中长大成人的，我们姐弟三个就是鼎立的三国，在交战的同时我们不停地结盟、宣战，宣战、结盟。真是天下大事，分久必合，合久必分。当然了，我们的"分合"都是以小时作为时间单位的。上午我刚刚和我的二姐同仇敌忾，一起讨伐我的大姐，而午饭过后，一切都好好的，我的二姐却和大姐突然就结成了统一战线，不声不响地向她们的弟弟宣战了。

  总体说来，她们联合起来对付我的时候要多一些，因为父母多少有些偏心，对我格外好一些。这个我是知道的，在事态扩大、弄到父母那里"评理"的时候，我的父母虽说各打五十大板，但板子里头就有了轻与重的分别。比方说，在严厉地批评了我们过后，我的母亲总要教导我的两个姐姐："他比你们小哎，让着一点哎。"对我就不一样了，母亲说："下次不许这样了。"口气虽然凶，但说的是"下次"，"这一次"呢，当然就算了。事情到此结束。这在我是非常合算的买卖，因为"下次"是无穷无尽的。假如我的两个姐姐联起手来和我作对，在多数情况下，她们差不多就是那个叫"汤姆"的猫，而我则是老鼠"杰瑞"。我们家几乎每天都有美国卡通《猫和老鼠》式的故事，一姐一妹气势汹汹的，占尽了优势，恨不得一脚就把她们的弟弟踢到太平洋里去，然而，到后来吃尽苦头的始终是她们。

我们为什么吵呢？为什么斗呢？不为什么。倘若一定要找一个最符合逻辑的理由，那只能是为吵而吵，为斗而斗。举一个例子吧，比方说，现在正在吃饭，我和我的二姐坐一条凳子上，不声不响地扒饭，这样的饭吃起来就有点儿无趣，为了打破这种沉闷的局面，在我的二姐伸筷子去夹咸菜的时候，我会用我的筷子把她的筷子夹住，二姐不动声色，突然抽出筷子又夹我的。噼噼啪啪的战争就这样开始了。母亲突然干咳一声，一切又安静了。所争夺的咸菜到底被谁夹走，这个问题并不重要，重要的是母亲的那一声干咳究竟落在哪一个节拍上，这全靠你的运气，有点像击鼓传花。如果咸菜归我，即使我并不想吃，我也会像叼着了天鹅肉，嚼得吧唧吧唧的，二姐的脸上就会有一脸的失败。反过来，二姐要是赢了，她会把咸菜含在嘴里，默无声息地望着屋梁，那是胜利的眼神，赢了的眼神，内中的自鸣得意是不必说的。

我们姐弟三个现在都是人到中年，我长年在外，节日里偶尔团聚，我们谈得最多的恰恰是少儿时期的战争往事，谈起来就笑声不断，这一点是我们始料不及的。有一次我把话题转了，说起了我姐姐对我的好处来：我六岁的那一年得了肾炎，不能走动，每天都由我的父亲背到五六里远的彭家庄去，注射青霉素和庆大霉素。有一次是我的大姐背我去的，那时候她其实也只是一个十二岁的孩子，又瘦又小。她在那个晴朗的冬日背着我，步行了十多里地。快到家的时候大姐终于支持不住了，腿一软，姐弟两个顺着大堤的陡坡一直滚到了河边。我并没有摔着，反而开心极了，大姐满头满脸都是汗，她惊慌地拉起我。第一句话就是："不能告诉爸妈。"这件事都过去了三十年了，可它时不时会蹿到我的脑子里来。出乎我意料的是，随着年纪的增大，我回忆起来一次就感动一次。大姐十二岁，冬天一头的汗，惊恐的眼神——我不知道我为什么在人到中年之后反而为这件事伤恸不已。那一回过年，我说起了这件事，我并没有说完，大姐的眼眶突然红了，说："多少年了，怎么说这个的，你怎么还记得这个的？"大姐显然也记得的，不然她不会那样。她把话题重又拉回到吵闹的事情上去了。

这样的吵闹本身就设置了一个温暖的前提：我们能够，我们可以。我们幼小的内心世界也许就是在一次又一次的打斗中拓宽开来的，丰富起来的。时过境迁之后，我们意外地发现，兄弟姐妹之间的许多东西也许并不能构成我们的日常生活，它反而是隐匿的，疏于表达的。然而，它却格外地切肤，有一种打断骨头连着筋的牵扯。美国人通过《猫和老鼠》的卡通形象向全世界的少儿表达了这样一种典范人生：打吧，吵吧，闹吧，可你们永远是兄弟，永远是姐妹——你们永远不能生活在一起，但你们谁也不能离开谁。

我的儿子最喜欢我的侄女，他们玩在一起的时候几乎就是猫和老鼠。不是追逐，就是打闹。可是，他们毕竟天各一方。在他的姐姐和他说再见的时候，他漆黑的瞳孔是多么孤独，多么忧伤。我多么希望能做我儿子的好兄弟，和他争抢一块饼干、一个角落与一支

蜡笔。但我的儿子显得相当勉强，因为他的爸爸后背上都竖起鸡皮
疙瘩了，就是学不像一个孩子。

（《作家文摘》2016 年总第 1919 期，摘自《写满字的空间》，毕飞
宇著，人民文学出版社 2015 年 6 月出版）

辑四
不完满才是人生

在人生的道路上，
每一个人都是孤独的旅客。
只有能做到"尽人事而听天命"，
才能永远保持心情的平衡。

不完满才是人生

季羡林

每个人都争取一个完满的人生。然而，自古及今，海内海外，一个百分之百完满的人生是没有的。所以我说，不完满才是人生。

在人生的道路上，每一个人都是孤独的旅客。

对于人类的前途，我始终是一个乐观主义者。我相信，不管还要经过多少艰难曲折，不管还要经历多少时间，人类总会越变越好，人类大同之域决不会仅仅是一个空洞的理想。但是，想要达到这个目的，必须经过无数代人的共同努力。有如接力赛，每一代人都有自己的一段路程要跑。又如一条链子，是由许多环组成的，每一环从本身来看，只不过是微不足道的一点东西；但是没有这一点东西，链子就组不成。在人类社会发展的长河中，我们每一代人都有自己的任务，而且是绝非可有可无的。如果说人生有意义与价值的话，其意义与价值就在这里。

人活得太久了，对人生的种种相，众生的种种相，看得透透彻彻，反而鼓舞时少，叹息时多。远不如早一点离开人世这个是非之地，落一个耳根清净。

根据我个人的观察，对世界上绝大多数人来说，人生一无意义，二无价值。

我在这里发现了一条定理：年龄大小与处境坎坷同对世态炎凉的感受成正比。年龄越大，处境越坎坷，则对世态炎凉感受越深刻。反之，年龄越小，处境越顺利，则感受越肤浅。

任何一个人，包括我自己在内，以及任何一个生物，从本能上来看，总是趋吉避凶的。因此，我没怪罪任何人，包括打过我的人。我没有对任何人打击报复，并不是由于我度量特别大，能容天下难容之事，而是由于我洞明世事，又反求诸躬。假如我处在别人的地位上，我的行动不见得会比别人好。

走运有大小之别，倒霉也有大小之别，而二者往往是相通的。走的运越大，则倒的霉也越惨，二者之间成正比。

我认为，能为国家、为人民、为他人着想而遏制自己的本性的，就是有道德的人。能够百分之六十为他人着想，百分之四十为自己着想，他就是一个及格的好人。为他人着想的百分比越高越好，道德水平越高。百分之百，所谓"毫不利己，专门利人"的人是绝无仅有的。

从历史上到现在，中国知识分子有一个"特色"，这在西方国家是找不到的：中国历代的诗人、文学家，不倒霉则走不了运。

对待一切善良的人，不管是家属，还是朋友，都应该有一个两字箴言：一曰真，二曰忍。真者，以真情实意相待，不允许弄虚作假；对待坏人，则另当别论。忍者，相互容忍也。

总之，谦虚是美德，但必须掌握分寸，注意东西。在东方谦虚涵盖的范围广，不能施之于西方，此不可不注意者。然而，不管东方或西方，必须出之以真诚。有意的过分的谦虚就等于虚伪。

把成功的三个条件拿来分析一下，天资是由"天"来决定的，我们无能为力；机遇是不期而来的，我们也无能为力；只有勤奋一项完全是我们自己决定的，我们必须在这一项上狠下功夫。

信缘分与不信缘分，对人的心情影响是不一样的。信者，胜可以做到不骄，败可以做到不馁；决不至于胜则忘乎所以，败则怨天尤人。中国古话说："尽人事而听天命。"首先必须"尽人事"，否则馅儿饼决不会自己从天上落到你嘴里来。但又必须"听天命"。人世间，云谲波诡，因果错综。只有能做到"尽人事而听天命"，一个人才能永远保持心情的平衡。

（《作家文摘》2015 年总第 1849 期，摘自《季羡林谈人生（典藏本）》，季羡林著，当代中国出版社 2014 年 12 月出版）

人生有命

杨　绛

神明的大自然，对每个人都平等。不论贫富尊卑、上智下愚，都有灵魂，都有个性，都有人性。但是每个人的出身、遭遇和天赋的资质才能，却远不平等。有富贵的、有贫贱的，有天才、有低能，有美人、有丑八怪。凭什么呢？人各有"命"。"命"是全不讲理的。孔子曾慨叹："命矣夫！斯人也而有斯疾也！斯人也而有斯疾也！"（《论语·雍也》）是命，就犟不过。所以只好认命。"不知命，无以为君子也。"（《论语·尧曰》）曾国藩顶讲实际，据说他不信天，信命。许多人辛勤一世，总是不得意，老来叹口气说："服服命吧。"

我爸爸不信命，我家从不算命。我上大学二年级的暑假，特地到上海报考转学清华，准考证已领到，正准备转学考试，不料我大弟由肺结核忽转为急性脑膜炎，高烧七八天后，半夜去世了。全家都起来了没再睡。正逢酷暑，天亮就入殓。我那天够紧张的。我妈妈因我大姐是教徒，于是将入殓奉行的一套迷信规矩，都托付于我。有部分在大弟病中就办了。我一一照办，直到盖上棺材。丧事自有家人管，不到一天全办完了。

下午，我浴后到后园乘凉，后园只有二姑妈和一个弟弟、两个妹妹，（爸爸妈妈都在屋里没出来，）忽听得墙外有个弹弦子的走过，这是苏州有名的算命瞎子"榔冈冈"。因为他弹的弦子是这个声调，所以"榔冈冈"就成了他的名字。不记得是弟弟还是七妹妹建议叫瞎子进来算个命，想借此安慰妈妈。二姑妈懂得怎样算命，她常住我们家，知道每个人的"八字"。她也同意了。我们就叫女佣开了后门，把瞎子引进园来。

瞎子一手抱着弦子，由女佣拉着他的手杖引进园来。他坐定后，问我们算啥。我们说"问病"。二姑妈报了大弟的"八字"。瞎子掐指一算，摇头说："好不了，天克地冲。"我们怀疑瞎子知道我家有丧事，因为那天大门口搭着丧棚呢。其实，我家的前门、后门之间，有五亩地的距离，瞎子无从知道。可是我们肯定瞎子是知道的，所以一说就对。我们要考考他。我们的三姐两年前生的第一个孩子是男孩，不到百日就夭折了。他的"八字"二姑妈也知道。我们就请瞎子算这死孩子的命。瞎子掐指一算，勃然大怒，发作道："你们家怎么回事，拿人家'寻开心'（苏州话，指开玩笑）吗？！这个孩子有命无数，早死了！"瞎子气得脸都青了。我和弟弟妹妹很抱歉，又请他算了爸爸、妈妈、弟弟和三姐的命——其他姐妹都是未出阁的小姐，不兴得算命。瞎子虽然只略说几句，但都很准。他赚了好多钱，满意而去。我第一次见识了算命。我们把算命瞎子的话报告了妈妈，妈妈听了也得到些安慰。那天正是清华转学考试的第一天，我恰恰错过。我一心要做清华本科生，末一个机会又错过了，也算是命吧。不过我只信"榔冈冈"会算，并不是对每个算命的都信，而且既是命中注定，算不算都一样，不必事先去算。

　　我和钱锺书结婚前，钱家要我的"八字"。爸爸说："从前男女不相识，用双方'八字'合婚。现在已经订婚，还问什么'八字'？如果'八字'不合，怎么办？"所以钱家不知道我的"八字"。我公公《年谱》上，有我的"八字"，他自己也知道不准确。我们结婚后离家出国之前，我公公交给我一份钱锺书的命书。我记得开头说："父猪母鼠，妻小一岁，命中注定。"算命照例先要问几句早年的大事。料想我公公老实，一定给套出了实话，所以我对那份命书全不信了。那份命书是算了终身的命，批得很详细，每步运都有批语。可是短期内无由断定准不准。末一句我还记得："六旬又八载，一去料不返。"批语是："夕阳西下数已终。"

　　我后来才知道那份命书称"铁板算命"。一个时辰有一百二十分钟，"铁板算命"把一个时辰分作几段算，所以特准。

　　我们由干校回北京后，"流亡"北师大那年，锺书大病送医院抢救，据那位算命先生说，那年就可能丧命。但锺书享年八十八岁，足足多了二十年，而且在他坎坷的一生中，运道最好，除了末后大病的几年。不知那位"铁板算命"的又怎么解释。

　　"生死有命"是老话。人生的穷通寿夭确是有命。用一定的方式算命，也是实际生活中大家知道的事。西方人有句老话："命中该受绞刑的人，绝不会淹死。"我国的人不但算命，还信相面，例如《麻衣相法》就是讲相面的法则。相信相面的，认为面相更能表达性格。吉普赛人看手纹，预言一生的命运。我翻译过西班牙的一本书，主人公也信算命，大概是受摩尔人的影响。西方人只说"性格即命运"或"性格决定命运"。反正一般人都知道人生有命，命运是不容否定的。

　　既然人生有命，为人一世，都不由自主了。那么，"我"还有什么责任呢？随遇而安，得过且过就行了。但有些事是否由命定，或由性格决定，或由自由意志，值得追究。

抗日胜利后，国民党政府某高官曾许钱锺书一个联合国教科文组织的职位。锺书一口拒绝不要。我认为在联合国任职很理想，为什么一口拒绝呢？锺书对我解释：“那是胡萝卜。”他不受“胡萝卜”的引诱，也不受“大棒”的驱使。我认为他受到某高官的赏识是命。但他“不吃胡萝卜”是他的性格，也是他的自由意志。因为在那个时期，这个职位是非常吃香的。要有他的聪明，有他的个性，才不加思考一口拒绝。

抗日胜利不久，解放战争又起。许多人惶惶然只想往国外逃跑。我们的思想并不进步。我们读过许多反动的小说，都是形容苏联“铁幕”后的生活情况，尤其是知识分子的处境，所以我们对共产党不免害怕。劝我们离开祖国的，提供种种方便，并为我们两人都安排了很好的工作。出国也不止一条路。劝我们留待解放的，有郑振铎先生、吴晗、袁震夫妇等。他们说共产党重视知识分子。这话我们相信。但我们自知不是有用的知识分子。我们不是科学家，也不是能以马列主义为准则的文人。我们这种自由思想的文人是没用的。我们考虑再三，还是舍不得离开父母之邦，料想安安分分，坐坐冷板凳，粗茶淡饭过日子，做驯顺的良民，终归是可以的。这是我们自己的选择，不是不得已。

又如我二十八岁做中学校长，可说是命。我自知不是校长的料，我只答应母校校长王季玉先生帮她把上海分校办成。当初说定半年，后来延长至一年。季玉先生硬是不让我辞。这是我和季玉先生斗志了。做下去是千顺百顺，辞职是逆水行舟，还兼逆风，步步艰难。

但是我硬是辞了。当时我需要工作，需要工资，好好的中学校长不做，做了个代课的小学教员。这不是不得已，是我的选择。因为我认为我如听从季玉先生的要求，就是顺从她的期望，一辈子承继她的职务了。我是想从事创作。这话我不敢说也不敢想，只知我绝不愿做校长。我坚决辞职是我的选择，是我坚持自己的意志。绝不是命。但我业余创作的剧本立即上演，而且上演成功，该说是命。我虽然辞去校长，名义上我仍是校长，因为接任的校长只是"代理"，学生文凭上，校长仍是我的名字，我的印章。随后珍珠港事变，"孤岛"沉没，分校解散，我要做校长也没有机缘了。但我的辞职，无论如何不能说是命，是我的选择。也许可说，我命中有两年校长的运吧。

我们如果反思一生的经历，都是当时处境使然，不由自主。但是关键时刻，做主的还是自己。算命的把"命造"比作船，把"运途"比作河，船只能在河里走。但"命造"里，还有"命主"呢？如果船要搁浅或倾覆的时候，船里还有个"我"在做主，也可说是这人的个性做主。这就是所谓个性决定命运了。烈士杀身成仁，忠臣为国捐躯，能说不是他们的选择而是命中注定的吗？他们是倾听灵性良心的呼唤，宁死不屈。如果贪生怕死，就不由自主了。宁死不屈，是坚决的选择，绝非不由自主。

做主的是人，不是命。

（《作家文摘》微信公众号 2015 年 5 月 11 日）

我的二十一岁

史铁生

正是晌午，病房里除了病人的微鼾，便是护士们轻极了的脚步，满目洁白，阳光中飘浮着药水的味道，如同信徒走进了庙宇，我感觉到了希望。

一位女大夫把我引进10号病室。她贴近我的耳朵轻轻柔柔地问："午饭吃了没？"我说："您说我的病还能好吗？"她笑了笑。记不得她怎样回答了，单记得她说了一句什么之后，父亲的愁眉也略略地舒展。女大夫步履轻盈地走后，我永远留住了一个偏见：女人是最应该当大夫的，白大褂是她们最优雅的服装。

那天恰是我二十一岁生日的第二天。我对医学、对命运都还未及了解，不知道病出在脊髓上将是一件多么麻烦的事。我舒心地躺下来睡了个好觉。心想：十天，一个月，好吧，就算是三个月，然后我就又能是原来的样子了。和我一起插队的同学来看我时，也都这样想；他们给我带来很多书。

可我已经没了读书的兴致。整日躺在床上，听各种脚步从门外走过；希望他们停下来，推门进来，又希望他们千万别停，走过去，走你们的路去，别来烦我。

心里荒荒凉凉地祈祷：上帝，如果你不收我回去，就把能走路的腿也给我留下！我确曾在没人的时候双手合十，出声地向神灵许过愿。

多年以后，才听一位无名的哲人说过：危卧病榻，难有无神论者。如今来想，有神无神并不值得争论，但在命运的混沌之点，人自然会忽略科学，向虚冥之中寄托一份虔敬的祈盼。正如迄今人类最美好的向往也都没有实际的验证，但那向往并不因此消灭。

主管大夫每天来查房，每天都在我的床前停留得最久："好吧，别急。"按规矩，主任每星期查一次房，可是几位主任时常都来看看我："感觉怎么样？嗯，一定别着急。"

有那么些天，全科的大夫都来看我，八小时以内或以外，单独来或结队来，检查一番各抒主张，然后都对我说："别着急，好吗？千万别急。"

从他们谨慎的言谈中，我渐渐明白了一件事：我这病是因为一个肿瘤的捣鬼，把它找出来，切下去，随便扔到一个垃圾桶里，我就还能直立行走，否则我多半就把祖先数百万年进化而来的这一优势给弄丢了。

窗外的小花园里已是桃红柳绿，过去的二十二个春天，没有哪一个像这样让人心抖。我已经不敢去羡慕那些在花丛树行间漫步的健康人和在小路上打羽毛球的年轻人。

我记得我久久地看过一个身着病服的老人，在草地上踱着方步晒太阳；只要这样，我想，只要这样！只要能这样就行了，就够了！我回忆脚踩在软软的草地上是什么感觉，想走到哪儿就走到哪儿是什么感觉，踢一颗路边的石子，踢着它走是什么感觉。没这样回忆过的人不会相信，那竟是回忆不出来的！

老人走后，我仍呆望着那块草地，阳光在那儿慢慢地淡薄，脱离，凝作一缕孤哀凄寂的红光，一步步爬上墙，爬上楼顶……我写下一句歪诗：轻拨小窗看春色，漏入人间一斜阳。日后，我摇着轮椅特意去看过那块草地，并从那儿张望7号窗口，猜想那玻璃后面现在住的是谁，上帝打算为他挑选什么前程。当然，上帝用不着征求他的意见。

我乞求上帝不过是在和我开着一个临时的玩笑——在我的脊椎里装进了一个良性的瘤子。对对，它可以长在椎管内，但必须要长在软膜外，那样才能把它剥离而不损坏那条珍贵的脊髓。

"对不对，大夫？""谁告诉你的？""对不对吧？"大夫说："不过，看来不太像肿瘤。"我用目光在所有的地方写下"上帝保佑"，我想，或许把这四个字写到千遍万遍就会赢得上帝的怜悯，让它是个瘤子，一个善意的瘤子。要么干脆是个恶毒的瘤子，能要命的那一种，那也行。总归得是瘤子，上帝！

朋友送了我一包莲子，无聊时我捡几颗泡在瓶子里，想，赌不赌一个愿？——要是它们能发芽，我的病就不过是个瘤子。但我战战兢兢地一直没敢赌。谁料几天后，莲子竟都发芽了。我想，好吧，我赌！我想，其实我压根儿是倾向于赌的。我想，倾向于赌事实上就等于是赌了。我想，现在我还敢赌——它们一定能长出叶子！（这是明摆着的。）

我每天给它们换水，早晨把它们移到窗台西边，下午再把它们挪到东边，让它们总在阳光里；为此，我抓住床栏走，扶住窗台走，几米路我走得大汗淋漓。这事我不说，没人知道。不久，它们长出一片片圆圆的叶子来。"圆"，又是好兆头。

我更加周到地侍候它们，坐回到床上气喘吁吁地望着它们，夜里醒来在月光中也看看它们：好了，我要转运了。并且忽然注意到"莲"与"怜"谐音，毕恭毕敬地想：上帝终于要对我发发慈悲了吧？这些事我不说，没人知道。叶子长出了瓶口，闲人要去摸，我不让，他们硬是摸了呢，我便在心里加倍地祈祷几回。这些事我不说，现在也没人知道。然而科学胜利了，它三番五次地说那儿没有瘤子，没有没有。果然，上帝直接在那条娇嫩的脊髓上做了手脚！

定案之日，我像个冤判的屈鬼那样疯狂地作乱，挣扎着站起来，心想干吗不能跑一回给那个没良心的上帝瞧瞧？后果很简单，如果你没摔死，你必会明白：确实，你干不过上帝。

二十一岁末尾，双腿彻底背叛了我，我没死，全靠着友谊。

加号的窗口朝向大街，我的床紧挨着窗，在那儿，我度过了二十一岁中最惬意的时光。每天上午我就坐在窗前清清静静地读书，很多名著我都是在那时读到的，也开始像模像样地学外语。一过中午，我便直着眼睛朝大街上眺望，尤其注目骑车的年轻人和 5 路汽车的车站，盼着朋友们来。有那么一阵子，我暂时忽略了死神。

朋友们来了，带书来，带外面的消息来，带安慰和欢乐来，带新朋友来，新朋友又带新的朋友来，然后都成了老朋友。以后的多少年里，友谊一直就这样在我身边扩展，在我心里深厚。把加号的门关紧，我们自由地嬉笑怒骂，毫无顾忌地议论世界上所有的事，高兴了还可以轻声地唱点什么——陕北民歌，或插队知青自己的歌。

晚上朋友们走了，在小台灯幽寂而又喧嚣的光线里，我开始想写点什么，那便是我创作欲望最初的萌生。

我一时忘记了死，还因为什么？还因为爱情的影子在隐约地晃动。那影子将长久地在我心里晃动，给未来的日子带来幸福，也带来痛苦，尤其带来激情，把一个绝望的生命引领出死谷。无论是幸福还是痛苦，都会成为永远的珍藏和神圣的纪念。

有人说，我是不是一直活在童话里？语气中既有赞许又有告诫。赞许并且告诫，这很让我信服。赞许既在，告诫并不意指人们之间应该加固一条防线，而只是提醒我：童话的缺憾不在于它太美，而在于它必要走进一个更为纷繁而且严酷的世界，那时只怕它太娇嫩。

事实上在二十一岁那年，上帝已经这样提醒我了，他早已把他的超级童话和永恒的谜语向我略露端倪。

住在4号时，我见过一个男孩。他那年七岁，家住偏僻的山村，有一天，传说公路要修到他家门前了，孩子们都翘首以待，好梦联翩。公路终于修到，汽车终于开来，乍见汽车，孩子们惊讶兼着胆怯，远远地看。日子一长，孩子便有奇想，发现扒住卡车的尾巴可以威风凛凛地兜风，他们背着父母玩得好快活。

可是有一次，只一次，这七岁的男孩失手从车上摔了下来。他住进医院时已经不能跑，四肢肌肉都在萎缩。

病房里很寂寞，孩子一瘸一瘸地到处窜；淘得过分了，病友们就说他："你说说你是怎么伤的？"孩子立刻低了头，老老实实地一动不动。

"说呀？"

"说，因为什么？"

孩子嗫嚅着。

"喂，怎么不说呀？给忘啦？"

"因为扒汽车，"孩子低声说，"因为淘气。"孩子补充道。他在诚心诚意地承认错误。大家都沉默，除了他自己，谁都知道：这孩子伤在脊髓上，那样的伤是不可逆的。孩子仍不敢动，规规矩矩地站着用一双正在萎缩的小手擦眼泪。

终于会有人先开口，语调变得哀柔："下次还淘不淘了？"孩子很熟悉这样的宽容或原谅，马上使劲摇头："不，不，不了！"同时松了一口气。

但这一回不同以往，怎么没有人接着向他允诺"好啦，只要改了就还是好孩子"呢？他睁大眼睛去看每一个大人，那意思是：还不行吗？再不淘气了还不行吗？他不知道，他还不懂，命运中有一种错误是只能犯一次的，并没有改正的机会；命运中有一种并非错误的错误，（比如淘气，是什么错误呢？）但这却是不被原谅的。

那孩子小名叫"五蛋"，我记得他，那时他才七岁，他不知道，他还不懂。未来，他势必有一天会知道，可他势必有一天就会懂吗？但无论如何，那一天就是一个童话的结尾。在所有童话的结尾处，让我们这样理解吧：上帝为了锤炼生命，将布设下一个残酷的谜语。

住在6号时，我见过有一对恋人。那时他们正是我现在的年纪，四十岁。他们是大学同学。男的二十四岁时本来就要出国留学，日期已定，行装都备好了，可命运无常，不知因为什么屁大的一点儿事不得不拖延一个月，偏就在这一个月里，因为一次医疗事故，他瘫痪了。

女的对他一往情深，等着他，先是等着他病好，没等到；然后还等着他，等着他同意跟她结婚，还是没等到。

外界的和内心的阻力重重，一年一年，男的既盼着她来，又说服她走。但一年一年，病也难逃，爱也难逃，女的就这么一直等着。

有一次她狠了狠心，调离北京到外地去工作了，但是斩断感情却没这么简单，而且再想调回北京也没这么简单，女的只要有三天假期也千里迢迢地往北京跑。

男的那时病更重了，全身都不能动了，和我同住一个病室。

女的走后，男的对我说过："你要是爱她，你就不能害她，除非你不爱她，可那你又为什么要结婚呢？"

男的睡着了，女的对我说过："我知道他这是爱我，可他不明白其实这是害我，我真想一走了之，我试过，不行，我知道我没法不爱他。"

女的走了，男的又对我说过："不不，她还年轻，她还有机会，她得结婚，她这人不能没有爱。"

男的睡了，女的又对我说过："可什么是机会呢？机会不在外边而在心里，结婚的机会有可能在外边，可爱情的机会只能在心里。"

女的不在时，我把她的话告诉男的，男的默然垂泪。我问他："你干吗不能跟她结婚呢？"他说："这你还不懂。"他说："这很难说得清，因为你活在整个这个世界上。"他说："所以，有时候这不是光由两个人就能决定的。"

我那时确实还不懂。我找到机会又问女的："为什么不是两个人就能决定的？"她说："不，我不这么认为。"她说："不过确实，有时候这确实很难。"她沉吟良久，说："真的，跟你说你现在也不懂。"

十九年过去了，那对恋人现在该已经都是老人。我不知道现在他们各自在哪儿，我只听说他们后来还是分手了。

十九年中，我自己也有过爱情的经历了，现在要是有个二十一岁的人问我：爱情都是什么？大概我也只能回答：真的，这可能从来就不是能说得清的。无论它是什么，它都很少属于语言，而是全部属于心的。

还是那位台湾作家三毛说得对："爱如禅，不能说不能说，一说就错。"那也是在一个童话的结尾处，上帝为我们能够永远地追寻着活下去，而设置的一个残酷却诱人的谜语。

（《作家文摘》微信公众号 2019 年 2 月 25 日）

"你要做什么呢"

王安忆

在我学琴的时候，一个唱歌的朋友带我去见一个拉琴的朋友。路上，他告诉我，那朋友琴拉得很漂亮，可是因为成分不好，屡次上调不成，投考文工团也终因政审不及格而不成。最后，他进了一个县级的剧团。

此时，我亦在农村，亦在投考文工团。成分马马虎虎，尚说得过去，问题则是业务能否及格了。

记不得是哪一条马路了。总之，我懵里懵懂地跟着唱歌的朋友拐进一条弄堂，走上一弯木楼梯。还没上完楼梯，就听前边招呼起来。

楼梯拐角上立着一个谱架，有个人站在谱架前边，手里挥着一根指挥棒，谱架上放着几页密密麻麻的总谱。

他引我们走进一间亭子间，然后让座，然后倒水，然后让我拉琴给他听。

他很认真地看着我拉琴，听我拉完一支曲子，给我讲了些什么。讲的什么我全忘了。

后来，他拉给我看，他拉得很认真，拉完一支曲子，又给我讲了些什么。讲的什么，我也全忘了。

最后，他帮助我处理了两支曲子。把技巧高的地方简化，让我能够胜任；又加入一些出人意料的手法，用来唬人——以应付招考。他讲了许多，我都记不得了。

"每天练四个小时才好。"他对我说——这个，我记得的，他正伏在桌上帮我修改谱子。

我不响。停了一会儿，我说："我并不喜欢拉琴。"

"那么，你喜欢做什么呢？"他回过头来看了我一眼，微笑着说，"你要做什么呢？"

我不响。

过后，他们开始聊天，并且拉琴和唱歌。我只能靠在边上看着他们。

过后，我们告别了，走下木楼梯，走出弄堂，走出那条马路。

那样的年龄，莫名其妙地有着一肚子莫名其妙的情感，找不到出口，也是难受的事。于是，便写一些见不得人的诗，写一只娃娃，写隔壁的男孩子……一切都写尽写完了，却还要写。实在没什么可写的了，忽然想起了那个人的那一句话：

"你要做什么呢？"

也不知为什么，没有想起别人，而是想起这个人，没想起别的话，只想起这一句。于是又写了一首诗，题目就叫作"你要做什么呢？"大意是，一个人总必须做点什么，不可枉度光阴。

很多日子过去了，很多悲欢成了往事。终于考上了文工团，每天不练琴也能混口饭吃，每天练八小时也不见得长进。自己明白不是拉琴的料，又不知自己究竟是做什么的料。无聊的时候，东想西想，偶尔会想起这个人，他微笑着对我说：

"你要做什么呢？"

他的微笑，我记得尤为清晰：忠厚的，宽容的，亲切的。那人的模样，还隐隐地能记起一些：高高的，瘦瘦的，戴眼镜的。似乎是很不难看的。如果交往下来，许能成为朋友，甚至能成……越想越大胆，越发地莫名其妙，越发地无聊起来。看来，一个人确实必须要做点什么，不做什么，就会无聊。可是，我终究要做什么呢？还是想不明白。

后来，不知不觉地写起小说，被叫作"作家"。深感终于找到了与之合适的事情，终于有些事情可以做做。每日早起晚睡，煞有介事地写来写去，写完许多白纸和墨水。忙得很欢，心中不再有空处去乱找情感来排解了。

然而，眼看着许多的劳动者为社会创造切实可见的物质财富，改革家为社会经济体制出谋献智，科学家实践着新的技术革命，运动员赢得锃亮的金牌，让全世界抬头仰望五星红旗升起……看到自己忙来忙去为了一张白纸，真觉得空洞得可以，不着天又不着地。忽又茫然起来，想洗手不干。可是到了这个份儿上，莫说从头学起困难重重，连学什么都没个数呢。胡思乱想起来，有时候又会想起那位萍水相逢的朋友，他微笑着转过头对我说：

"你要做什么呢？"

是呀，我要做什么呢？一个人总必须要做点什么，否则就更加空洞了。

也只有这样了。只有这样做下去，既然一个人总要做点什么。不做什么，会平添烦恼。无事生非嘛！

多少悲欢变成往事，往事又过去。淡了的淡了，忘了的忘了，不愿想的就不去想，不愿忘的就写下来。可是有一种东西是你没想而又没忘的，它像是被记忆的筛子误留下的一颗小小的微粒，躲在记忆的角落。有时候，会突然闪一下，而又熄灭。这短暂的闪灼终究会留下一点什么。

我再记不起那是一条什么马路，一条什么弄堂，一弯什么样的楼梯，一间什么样的亭子间。我不知道他叫什么名字，在哪里工作，现在怎样，还好吗。我只记得他对我说过这样一句话：

"你要做什么呢？"

是啊，我要做什么呢？我总要做点什么吧！

（《作家文摘》2017 年总第 2036 期，摘自《空间在时间里流淌》，王安忆著，新星出版社 2012 年 4 月出版）

去罗马的路只有一条

麦　家

　　这些年，我很在意整理身边的物件，譬如时刻保持鞋架的整洁或是书架的井然。我无洁癖，也不是没事找事，而是刻意为之。因为，深知成功之难，挫折时时躲在镜子的死角或侧翼。这些看似不起眼的日常细节，善待它，就能成为阳光或氧气滋润自己，让心沉下来、慢下来、静下来，令自己保有一颗恒心，让坚持成为一种习惯，在不知不觉中去坚持做一件事。

　　亚里士多德说过：是我们的习惯造就了我们。卓越不是一次行为，而是一种习惯。是的，只有当坚持变成习惯时，坚持才能成为潜行，成为寻常，成为自然而然，从而才可能被喝彩、祝福。

　　很多人说过，我也这么看的：做什么事，天分很重要，但光靠天分是做不成事的。天分是飘忽云端的锦彩，是闪耀水面的流光，虽然能够察觉，但还并不真正被你拽在手中，踩踏在脚下。它像你呼出或吸入的气，是你的，又不是你的。它比淡扫的蛾眉更纤细，比新人的目光更敏感。它急促而瘦弱，消耗或闲置是摧毁的前奏，寒冷落寞无言。当你蓦然想起它时，也许早已随着时光流走，如同女人美丽的睫毛，秋蝉声中，含不住任何一滴眼泪。

记住，当你发现某种天分，请盯紧它，如同盯紧你的生命，然后朝着它来的方向寻去，以疯狂的坚持，歇斯底里的坚持，打破砂锅问到底的坚持，直到它逃无可逃，撞进你的怀里。你不必惮于进度缓慢，亦不必惮于走向极端。当我们的宿命干净，请相信，这一切并非苦吟，而是"未到江南先一笑"。

何为坚持？两个字：一个"勤"，一个"忍"。

说起"勤"字，或许首先让人想到"勤能补拙"这个质朴又带点褒奖意味的成语。我要说，这是一个谎言。勤是补天的，不是补拙的。让勤去补拙，无异于哪壶不开提哪壶，让自己谋杀自己。我不敢想象，若陈景润去踢足球，博尔特去做电脑编程，吴清源去研究天文，克林顿去救死扶伤……这个世界将变成怎么一番模样。人倘不能循天赋而动，越是坚持，越是自我为难，自我损耗，最后即便成功也是范进中举式的成功。我认为，天道酬勤，是天在先。这里的"天"字，即代表青天，也代表个人天赋。人人都有自己的天赋，把事业种在天赋的土壤上，做自己擅长做的事，辅以勤劳，辛勤浇灌它，有天助，有地助，有自己助，风顺雨来，雨过天晴，埋下的种子在微笑。

再说"忍"字。人天生最怕"忍"字，卡夫卡说过：人类因为没有耐心才被逐出天堂，因为没有耐心，所以永远无法返回天堂。人不过是一根会思考的芦苇，软弱、渺小流淌在我们的血液里、骨子里。渴了要喝水，饿了要进食，冷了要加衣，热了要降温。这么娇气软小的生命，怎么受得了天天在"忍"字中煎熬？在忍耐中坚持，如同热锅上的蚂蚱，只能逃生，是做不了事情的。但没有一个读书人会为天天掌灯读书当受罪，正如没有哪位晨跑者会为天天早起而叫苦，因为习惯使然。习惯既是生活方式，也是内容，在习惯中做事，像消失在风中，是天人合一的意味，大道无痕的感觉。所以，要把"忍"字做好，最好的办法是养成习惯，让习惯去把这个字抹掉。

人生苦短，路途却漫长，沿途风大波恶，机遇与挑战并肩，诱惑和陷阱共存，你要自卑，更要自信；你要知彼，更要知己；你要辛勤劳作，更要循天分而动。天分是天意，要为天意去执着，不要让勤去补拙。通往罗马的大路只有一条，多一条都是歧途。

（《作家文摘》2016 年总第 1922 期，摘自《非虚构的我》，麦家著，花城出版社 2013 年 6 月出版）

相貌和心灵

周国平

世上很少有人完全不在乎自己的相貌。一般来说，年轻人比年长者更在乎，女人比男人更在乎。女人重视容貌是情有可原的，既然几乎一切民族的文化都把女性的美丽作为一种价值进行讴歌，作为一种标准来评判她们，而在实际生活中，容貌的美丑对于她们的婚恋、社交乃至职业方面的遭遇确实会产生相当的影响，那么，她们似乎也就别无选择。年轻人入世还浅，不免看重人际关系较浅的层面，留意别人对于自己的表面印象，所以在容貌上也比较敏感。

与关心名声相比，关心容貌更是一种虚荣，因为与名声相比，容貌离一个人的真实价值更远。现代整容术已经能够把一张脸变成另一张脸，但在新脸皮下面的仍是那个旧人。如果不通过镜子，人是看不见自己的容貌的，常常也是想不起自己的容貌的，而这并不妨碍他做一切事情。镜子代表着别人的眼光，人一照镜子，就是在用别人的眼光审视自己了，因此，其实他所关心的是别人对自己的观感。按照他的虚荣的程度，这别人可以是某个意中人、一般异性或广大而笼统的人群。

　　虚荣是难免的，怎奈人生易老，红颜难久，这是谁也逃脱不掉的规律。好在绝大多数人都会随着年龄增长而逐步调整自己的心理，克服在相貌方面的虚荣心。事实上，在不同的年龄段，相貌的内容在发生着变化，人们对相貌的感觉和评价也在随之改变。年龄越小，相貌的美就越具有物质的、生理的性质，因而彼此也越为相似。譬如说，天下的娃娃都一样可爱，那是一种近似小动物的美，表现为稚气的表情、娇嫩的皮肤、憨态可掬的动作。少男少女的美洋溢着相同的青春朝气，但我们也能发现，其中有些人因为正在形成的优秀个性而显得更具魅力。对于一个成年人的外貌，我们一般不会对其物理性方面，例如五官的构造、皮肤的质地给予高度评价，而是更加看重其所显现的精神内涵。

　　叔本华说："人的外表是表现内心的图画，相貌表达并揭示了人的整个性格特征。"至少就成年人的相貌而言，他的这一看法是有道理的。在漫长的时间中，一个人的惯常的心灵状态和行为方式总是伴随着他自己意识不到的表情，这些表情经过无数次的重复，便会铭刻在他的脸上，甚至留下特殊的皱纹。更加难以掩饰的是眼神，一个内心空虚的人绝对装不出睿智的目光。我们大约都遇见过那样的人，他们的粗俗一望而知，仿佛就写在他们的脸上。同样，当我们面对爱因斯坦的肖像时，即使没有读过他的著作，我们从他的宽容、幽默、略带忧伤的神情就能判断他是一位智者。叔本华也举了一个例子：一群高贵的绅士来到维斯孔蒂公爵的宫廷，维斯孔蒂问他的年幼的儿子，谁是最有智慧的人，孩子稍作环顾，就去拉着彼特拉克的手，把这位文艺复兴时代的巨人带到了父亲面前。有趣的是，中国的圣人孔子和西方的圣人苏格拉底都是相貌极其古怪的人，但是，历史并未留下人们认为他们丑陋的记载。

总之，在到达成熟的年龄以后，一个人相貌中真正有吸引力的是那些显现了智慧、德行、教养、个性等心灵品质的因素。至少就男人而言，这基本上是共识，聪明的女性也是这样来欣赏男人的。那么，女性是否也应该这样来欣赏自己，或者男性是否也应该这样来欣赏女人呢？我认为是的。哪怕是绝色美人也免不了有迟暮的一天，世界上再高明的美容术也不能使美色永驻。因此，女人在中年之后仍然一心要以色媚人，这至少是不明智的。能够使女人长久保持魅力的也是容貌中的精神特性，一个气质高贵的妇人虽然未必像妙龄美女那样令许多男人神魂颠倒，但却能获得男人和女人的普遍敬慕。请不要说这不是一种女人魅力，无论男人魅力还是女人魅力都绝不是纯粹的生理特质，而永远是多种因素的综合。另一方面呢，无论男人还是女人，都必须顺应大自然的安排，在不同的季节收获不同的果实。

（《作家文摘》2016 年总第 1956 期，摘自 2016 年 7 月 18 日《广州日报》）

一事精致，便能动人

张　勇

　　轰轰烈烈固然令人艳羡，但毕竟我们中的大多数都只不过是沧海一粟。千军万马虽众，能挤过独木桥的却屈指可数。无限风光在险峰，能欣赏到的也只是寥寥。如此，我们就注定平凡吗？

　　不是的。

　　《南村辍耕录》里头讲：南宋有位官员，想在杭州找个小妾，找来找去没有可心的，后来有人给他带来一位叫奚奴的姑娘，人漂亮，问会干什么，回答是会温酒。周围的人都笑，这位官员倒是没笑，就请她温酒试试。头一次，酒太烫，第二次又有点凉，第三次合适了，喝了。从此以后，温酒从来都没失手过。既而每日并如初之第三次。公喜，遂纳焉。这位官员终身都带着奚奴，处处适意，死后把家产也给了她。为什么呢？因为"一事精致，便能动人，亦其专心致志而然"。

　　西北湖咖啡豆，是个只有十平方米的小咖啡铺，只有两三张桌子，没有任何装修，却开了足足十年。这对台湾来的兄妹，驻扎在武汉，成了武汉小型咖啡馆的鼻祖，只卖曼特宁，从烘豆到咖啡，全部亲手制作。他家的店火到什么程度？很多客人只是路过，宁可站着，也会喝一杯咖啡再走，心满意足。咖啡的香味，大老远就能闻到。一家小铺，一种单品咖啡，提供无限的咖啡念想和生活方式。这让我也想起鼓浪屿那个坚持只卖蓝山的咖啡馆，老板娘偏好蓝山，只卖这种咖啡，那也是我喝过的最好的蓝山，一杯咖啡就让人灵魂出窍。

当年上海有个沈京似，是个大吃家。把祖辈留下的家业吃得个精光，卖房子卖地吃。一般南北名厨到上海打天下，别人都可以不见，但沈先生却是要会一会的。沈先生当然不是有吃就到场的人，一般他要看请的什么人，谁烧的菜，嘴刁得怕人。他是潜心研究"吃"的一代沪上美食家，成为餐饮界的"无冕之王"，在社会上颇具声望。

后来沈先生穷下来了。什么也不会，就会个吃。出去登记要工作，人家问他："你会干什么？"他说："我会吃。"呸！谁不会吃！后来有人把他这个本事反映给陈毅市长，说有个人光会吃，看给安排一个什么工作合适。陈市长说："哦，那算得好汉子。吃了一辈子，散尽家财去吃，不容易！让他到国际饭店工作吧。专门做菜的品尝工作。"后来上海国际饭店的菜一直质量很高，与他这张刁嘴的贡献是分不开的。给他开出的月工资二百元左右，在当时也算很高的工资了。专家教授也不过如此。他的烹饪研究具有很高的艺术鉴赏水平，六十年代，他主持编辑了《菜谱集锦》一书，曾多次再版，广泛应用于上海和全国各地大宾馆，但他却不同意把自己的名字印入书中。他是烹调界公认的权威，为许多人赞赏。

《花经》记叙了作者之父黄岳渊先生的一段经历。黄岳渊先生在宣统时本是一名朝廷命官，斯时年将三十。有一日，黄先生想：古人曰三十而立，我该如何立人呢？他想，做官要应付人家，做商又要坑害人家，得做一件有兴趣的事才好，才算立了为人的根本，于是，黄先生毅然辞官隐退，他购买田地十余亩，聚精会神，抱瓮执锄，废寝忘食，盘桓灌溉，甘为花木之保姆。果然，黄家花园欣欣向荣，蒸蒸日上，花异草奇，声名远扬。每逢花时，社会名流裙屐联翩，吟诗作赋。更有文人墨客指点花木，课晴话雨。众人深得启示：混浊之世，百无一可，唯花木差可引为知己。据说当时的文坛名人周瘦鹃、郑逸梅等人皆为黄先生的花木挚友。黄先生养花养出了精神，养出了人间知己，恐怕这才叫养花种草，这才叫做好了人生一件事。而要把一件事做好，岂能只凭你心中有一点喜欢，有一点迷恋？三天浇点水，五天上点肥？

张继以一首《枫桥夜泊》名留千古，张若虚以《春江花月夜》孤篇压倒全唐，玛格丽特·米切尔以《飘》屹立于世界文坛，人生不需很多，只要一点点足矣。可叹世上不知多少聪明人，一生没有做好一件事。

"心心在一艺，其艺必工；心心在一职，其职必举。"只要你能够倾一生的时光与精力、倾一生的思维与智慧、倾一生的执着与追求，黾勉苦辛，朝乾夕惕，不气馁、不放弃，把自己所从事的工作做到完美、做到极致，那么，你就能超越梦想、成就辉煌。

（《作家文摘》2015 年总第 1801 期，摘自 2014 年 11 月 23 日《羊城晚报》）

掌　纹

残　雪

　　小学三年级的时候，女孩子里面流传着一种说法，从自己掌心的纹路，可以看出今后的生活——找到什么样的爱人，会有几个小孩，会从事何种工作，事业上的成就有多大，等等。那个年代，看手相是被禁止的，这种说法显然是看手相的一种变体。我是那种皮肤特别嫩，掌心的纹路既复杂又隐晦的类型。上课的时候，我在课桌下面盯着自己的手心发呆。按同学的说法，我会活得很长，并且会有六个小孩，那究竟会是一种什么样的情况呢？凭以前的经验，我是怎么也想象不出的。我，我们，在那个年代对于自己的前途都想得很少很少，因为没有给予我们自由想象的翅膀，而那种"从此刻做起"的现实可能性更是不存在，我们每个人都是懵懵懂懂的。然而，我还是固执地天天看着手心。

　　由于本性，也由于所受的家庭教育，我一点都不迷信。我之所以对手心的纹路感兴趣，只是因为某种说不清的感觉。那种感觉就如同我在梦中在那些蛛网般的小路上徘徊一样。出口是很难找到的，或者根本就没有。有些焦急，有些迷惘，更多的是好奇。哪一条道通到哪里，在哪里交叉，哪里又是死胡同……"第一个小孩是儿子！"同学叫了起来。儿子？我马上想到家里的哥哥和弟弟。儿子很好嘛。但我并不能从这上头想象出什么来。

整个青少年时代，我像其他人一样没有设想过自己的前途。然而，梦中的迷路和辨认是怎么回事呢？在一个亭子里头，我对弟弟说："这里先前来过的，你看这屋顶上的花纹就知道了。"那上头是一些苍老的白鹤，飞成一个圆圈，圈子中央有古怪的图案——我们无法破译的图案。有人在亭子外面叫我们，可是雨雾遮蔽着，无法看见那人的身影……"你看，来过吧？要不怎么会有人叫我们呢？"可是雨下个不停，那人总不现身。

梦里的路没有地域的限制，我走到哪里，就将迷雾中的未来王国带到哪里。"文革"中，我同小友一道爬车到了广州。由于两天两夜没睡，我一到主人家就伏在她家桌子上进入了梦乡。然后，我就站起来梦游了。我要找我的那个柜子，那里头有我很久很久以前藏在里头的一本图书，好像后来藏丢了。我从餐厅游到厨房，厨房里有一大堆柴，我感觉柴堆下面有东西，就将那些柴一块块都搬开。我要找我那本图书，我一定是将它寄放在未来的世界里了。小友和她的亲戚都站在旁边观看，觉得既吃惊又好玩。"好了，好了……"她俩推了推我。好了吗？我立刻清醒了，我觉得刚才我在梦里已经找到了它。于是，我很高兴地拿了毛巾洗脸去了。

人无法看穿掌心的纹路，正如人无法看穿命运的安排。但人可以做，起先自发地做，然后半自觉地做，在做的当中去破解命运之谜。然而认识是一件多么幸福的事啊。人在认识中辨别出一个又一个美的图案，那是他的生命之痕，轻盈、灵动，犹如水母的梦！一切真正拥有过的，都不会丢失；一切应有的，终将产生。不断行动的人，他在宇宙间划出的痕的图案都是最最美丽的，因为他的行动实现着也改变着他的命运，并将命运变成了真正的自由。

（《作家文摘》2017 年总第 2031 期，摘自《艺术的密码》，残雪著，河南文艺出版社 2015 年 11 月出版）

错位之思

凸 四

小引

进入七月，天气且闷且热，思维凝滞，懒做长思，但总有散碎念头，疏忽闪现，捕捉下来，颇有玩味处，故记之。

1

在儿时，母亲有一双美丽的手，纤长、白皙，但却不善女红。女人们的针线活计一放到她手里，立刻就变得异常笨拙，纳鞋底时，常把针脚扎到自己的手上，布面上便血迹斑斑。但她依然要勤勉地纳，因为有三个顽皮小儿等鞋穿，她要怜惜他们的脚。待手艺渐渐地娴熟起来，她的手也渐渐地变了形，手指短粗、弯曲，即便是抚在平展的几案上，也放不平。

她自己都笑，自嘲道："这是人手吗？"

然而，现在的她，都到了七老八十的年纪，一双丑陋的手却异常灵巧，不仅把鞋垫纳得美轮美奂让人不忍心穿，还能剪出线条繁复、构图精细的窗花，让人不忍心在窗上贴。酷暑当前，买来的 T 恤，黏在身上，让人心烦，她笑笑，拿过一块家常白布，转眼之间就给我裁剪出一袭褡裢，穿上之后，在大堤上散步，既爽身又典雅，有老北京人的气派，很文化。

也是在儿时，母亲有个袅娜的身姿，即便是在硬冷的石头村路上，也走得柔软温暖。乡下人管这种身姿叫"风摆柳"，能让男人产生联想。但这个属于赏月眠迟、成就浪漫的身姿，却要负重——上山背粪肥，下山背苞米和谷黍。渐渐地把腰背驼了，把腿背撇了，到了现在，即便是走在平阔的街道上，也像满目崎岖、坎坷，蹒跚而瘸。她脸相端庄，步态老丑，都觉得可惜了。

她自己打趣道："怜惜步子，就怜惜不了肚子，身子重了，日子才过得轻松，老天对人是公平的。"

她从不自哀、自怜，内心洒满阳光。

现在的她，虽身姿老丑，却不管不顾地在街上行走，好像她又回到了年轻的时光。她到建筑工地捡砖头瓦块、破铜烂铁，到商店酒肆门前捡塑料袋、包装盒、易拉罐和啤酒瓶子。她多有所得，且常跟收破烂的小贩计较斤两，眼睛发亮，乐在其中。

儿女们碍于虚荣，纷纷劝阻，说："您腿脚已不灵便了，应该养在家里，却满世界捡，外人见了，会对我们产生质疑。"母亲说，正因为腿脚不灵便了，才需要动，这跟年轻时不同，年轻时是为了填乎日子，不得不动，现在是为了心里盈满，乐意动。动一动就满心欢喜，觉得活出了自己。

从母亲身上，我想到了什么是岁月。所谓岁月，就是无论如何都要过的日子，这其中的行止，都是被迫的动作，因为人不能左右，只能顺应。生活的状态就常出现错位——就一如母亲的手，美丽时笨，丑陋时巧；也一如她的身姿，袅娜时应该花前月下，却负重，滞重时应该颐养天年，却不安于闲。

因为岁月不居，心灵的深处，就多了生命的沧桑之感。这种沧桑，其实是一种厚重的存在，即面对生活的种种错位，不再诧异，不再惊恐，更不再抱怨，而是以豁然的心境，泰然处之，做到随遇而安，这一如撮盐入水毕竟要咸，刺破的伤口即便是再小也会流血，没有什么值得大惊小怪的。这样一来，人就自在了，从被动的顺应，到主动的顺生，最后进入乐生之地，俗生活也有了佛门禅意。母亲在拾荒中的乐此不疲，或许就有了此中意味——虽然她浑然不知，但我知。

2

儿时的我，矮小而瘦，胆子却出奇的大。遇邻里纠纷，我会抢先冲出去，争辩不过，就动拳脚，甚至还有更极端的行动。譬如十二岁那年，夏季缺粮，人们饿，山杏进了场院，人们便抢食充饥。队长与母亲素有不和，便把她独从人群中赶出。我闻讯从墙上摘下猎枪，愤然指向队长。队长说，你甭拿枪吓唬我，我不吃这一套。我微微一笑，毫不犹豫地扣动了扳机，一条火舌就擦着队长的头皮窜过去（这自然是我算计好了的角度）。队长被吓得一屁股坐在地上，很久很久说不出话来。队长从此留下后遗症，只要我一走近他，他就手足无措，面带谄笑。

怕我惹祸，再遇争执，母亲总是把我夹在腋下、拢在胯间。这就产生了奇特的感觉——因为是从母亲的胯下看人，明明是上蹿下跳的人影，却总是半个身子，对方一点也不威武；明明是面红耳赤、高声叫嚷，却听不清声音，只看到夸张的嘴唇徒劳地翕动，便失了动魄之功。心中的旺火就没了冲腾的理由，渐渐地熄了下去，到了最后，竟觉得对方有些许可怜，轻蔑地一笑，扯淡。

儿时的我，即便是瘦小无力，也莫名其妙地觉得强。母亲到山顶的堰田去点种，我也执意地跟去。我对她说："有我在，你会省不少力气。"

堰田离家颇有段路径，便装了干粮和水。堰田很窄，正容我与母亲并排点种。起初还与母亲保持相同的节奏，愈到后来愈跟不上母亲的步调了，便被母亲远远地甩在身后。母亲回过头来，看着她气喘吁吁、力不可支的儿子，怜爱地微笑着。但在我眼里，她的笑疑似嘲弄，我便愤怒地追赶，不让她落下。到中午了，我便感到了极端的疲乏，筋骨似被抽去。母亲将干粮摊在地头，我却无一点胃口。这时我总想笑，神经有一种莫名的兴奋。我呵呵地笑起来：看到一只蚂蚁爬进地隙里，呵呵地笑；看到一尾蛴虫在树梢上蠕动，也呵呵地笑。

"你是累脱了，神经了。"她说。

待我把下巴笑酸了，眼皮也重得再也睁不开了，我极想睡上一觉。

"你就在干草上仰一会儿吧，但千万别睡着了，四月的风还硬哩。"母亲说。

母亲独自点种去了，我依旧在干草上仰着。怕我睡着了，她隔上一会儿就喊我一声。对她的这种母性的呵护，我感到很烦，便没好气地喊道："就好好地点你的地吧，我不用你管！"

既然不让睡，我就仰面望天空。山顶上的天空，因为再没有山树的遮蔽，就显得特别空阔。空阔之上，也无一丝云，就蓝得无边无际。一只苍鹰在上边翱翔，虽然不断振翅，却看不出在飞，好像一直就停在那里。

再回看母亲——不老的山谷，一片空茫；荷镐而立的一介农妇，相映之下，渺小如蚁，几近虚无。

我心头一酸，想到，连苍鹰在空阔处都显得小，何况在空茫大地上的一介妇人？便感觉到了母亲的微不足道，从此以后我对她就不再苛求，即便衣不保暖、食不疗饥，也默默承受，无一丝抱怨。

现在的我，不仅身形伟岸，气壮如牛，而且还得到了许多额外的拥有，譬如官位，譬如文名，在外人看来，是有力量、有分量的人了，足可以傲然挺立，纵横左右。然而却出奇的随和，出奇的谦卑，努力淡化自己的存在。遇到人事纠纷，总是先找自己的短处，在得理处也让人；遇到文场争雄，总是看到自己的不足，即便优势在我，也矮下身来向别人送上敬意。至于嘲讽讥笑和恶声恶语、肢体冲突，更羞于使用，觉得那样的行径，只能说明自己的内心之虚、人格之鄙，几近于丑。

现在想来，除了有后天修养的作用之外，根本的，还是源自儿时的经历——那空阔的天空、苍茫的大地上的生命暗示。苍鹰之小、人力之微，是无声的天启，让人懂得敬畏，从而师从自然、内敛守成，以目空一切、自我膨胀、自以为是为耻。

（《作家文摘》2016年总第1954期，摘自2016年7月18日《人民日报》）

中年人心冷，往往来自情累

韩浩月

作为一头中年人——对，你没看错，用流行的说法"头"来形容中年人，再合适不过，尤其在这个经历过"饭局""油腻"等多轮舆论热潮洗礼的 2017 年。

面对那些铺天盖地的自媒体文章，发现自己终于拥有了一点儿以往一直追求的情绪——淡定。饭局上有过失言，形象上也颇油腻，那又怎样，有则改之无则加勉，人到中年的最大好处，就是不必在被人嘲讽的时候急赤白脸地去辩解，越辩解就越符合人家设置的规定情境，落下个话柄——中年人无非如此。

许知远就是个挺淡定的人，或者说，是个挺识趣的人。因为访谈了马东、俞飞鸿，被人写文章骂得狗血喷头，但许老师依然轻謦不改，保持思考状，这就有点可爱了。咱们国家的中年人，但凡有一半能拥有许老师的境界，也不至于隔三岔五就被提溜出来游街。

我说我淡定，也不是没有具体事例支撑的。今年夏天的某个午夜，我的车抛锚了。车在水中打转，我坐在司机位上，脑海里思考着水的密度、铁的重量、漂浮力等几者之间的关系，想起泰坦尼克号沉没在大西洋时的情境……竟然没有一点儿恐慌。直到两个小时后有人敲窗户问需不需要救援。好啊，当然需要。不过没救援也没关系，这样一直待到天亮也是可以接受的，体验一下孤立无援、彻底孤独的滋味也蛮不错。

淡定来自生活的平静。春天的时候，最亲近也最牵挂的亲人——我的奶奶过世了，这个春天因此也是个黑色的、快捷闪过、迅速成为历史的春天。从此不再担忧了，不再害怕区号显示为老家的号码，不再惊惧于某段棘手的亲情关系。开始着手清理那些这么多年来困扰我的情感负累，该绝交绝交，该拉黑拉黑，对揽到身上的责任重新进行评估，只保留力所能及的，去除无谓与多余的。别怪中年人心冷，心冷往往来自情累。

生活中开始没有大事，一桩值得拿出来大书特书的大事都没有。两年前摆脱了上班以及其他需要开会的事务性工作，不再设定某个完不成的目标。不参加无聊的社交活动，不在酒桌上评判别人以及被别人评判……好像从来没有哪个时间段，比中年的这个时候内心说出的"不"字更多。透露一个秘密，说"不"是件很享受的事情，说得越多，快乐越多。

值得一记的事，也不是一件也没有。有一天，把一盆绿植从阳台搬到书架上，打了水踩着椅子去给它浇水，浇完水下来的时候忘记了椅子的存在，一脚踏空坐在椅子背上，被弹了出去，跌倒在门边，刚好目睹这夸张一幕的女儿哈哈大笑……之所以说这件事值得记一笔，是因为这是个提醒，做事要稳妥，不能再像毛头小伙子，否则下次不保的，将不只是尾椎骨了。

少年的时候觉得度日如年，中年的时候觉得度年如日，这种反差制造出一种很奇妙的生命体验，就是可以更客观地看待自身与外界的联系。人在下坠的时候，往往比向上攀爬的时候更理智与清醒。坠落往往会被当成一个负面用词，其实完全可以把它当成一个中性词来看待，如果你足够淡定的话，会觉得坠落时看到的风景，不比你爬到山顶看到的风景差。

（《作家文摘》2017 年总第 2091 期，摘自《中国新闻周刊》2017年第 44 期）

人生入秋，白发也美

冯骥才

人生入秋，便开始被友人指着脑袋说："呀，你怎么也有白发了？"

听罢，笑而不答。偶尔笑答一句："因为头发里的色素都跑到稿纸上去了。"

就这样，嘻嘻哈哈、糊里糊涂地翻过了生命的山脊，开始渐渐下坡来。或者再努力，往上登一登。

对镜看白发，有时也会认真起来：这白发中的第一根是何时出现的？为了什么？

思绪往往会超越时空，一下子回到了少年时。

那次同母亲聊天，母亲背窗而坐，窗子敞着，微风无声地轻轻掀动母亲的头发，忽见母亲的一根头发被吹立起来，在夕照里竟然银亮银亮，是一根白发！

这根细细的白发在风里柔弱摇曳，却不肯倒下，好似对我召唤。我第一次看见母亲的白发，第一次强烈地感受到母亲也会老，这是多可怕的事啊！

我禁不住过去扑在母亲怀里。母亲不知出了什么事，问我，用力想托我起来，我却紧紧抱住母亲，好似生怕她离去……

事后，我一直没有告诉母亲这究竟为了什么。

最浓烈的感情难以表达出来，最脆弱的感情只能珍藏在自己心里。

如今，母亲已是满头白发，但初见她白发的感受却深刻难忘。那种人生感，那种凄然，那种无可奈何，正像我们无法把地上的落叶抛回树枝上去……

当妻子把一小酒盅染发剂和一支扁头油画笔拿到我面前，叫我帮她染发，我心里一动：怎么，我们这一代生命的森林也开始落叶了？

我瞥一眼她的头发，笑道：不过两三根白头发，也要这样小题大做？

可是待我用手指撩开她的头发，我惊讶了，在这黑黑的头发里怎么会埋藏这么多的白发！我竟如此粗心大意，至今才发现才看到。

也正是由于这样多的白发，才迫使她动用这遮掩青春衰退的颜色。

可是她明明一头乌黑而清香的秀发呀，究竟怎样一根根悄悄变白的？

是在我不停歇的忙忙碌碌中、侃侃而谈中，还是在不舍昼夜的埋头写作中？

是那些年在大地震后寄人篱下的茹苦含辛的生活所致？是为了我那次重病内心焦虑而催白的？还是那件事……几乎伤透了她的心，一夜间骤然生出这么多白发？

黑发如同绿草，白发犹如枯草；黑发像绿草那样散发着生命诱人的气息，白发却像枯草那样晃动着刺目的、凄凉的、枯竭的颜色。

我怎样做才能还给她一如当年那一头美丽的黑发？我急于把她所

有变白的头发染黑。她却说："你是不是把染发剂滴在我头顶上了？"

我一怔。赶忙用眼皮噙住泪水，不叫它再滴落下来。

一次，我把剩下的染发剂交给她，请她也给我的头发染一染。

这一染，居然年轻许多！谁说时光难返，谁说青春难再，就这样我也加入了用染发剂追回岁月的行列。谁知染发是件愈来愈艰难的事情。

不仅日日增多的白发需要加工，而且这时才知道，白发并不是由黑发变的，它们是从走向衰老的生命深处滋生出来的。

当染过的头发看上去一片乌黑青黛，它们的根部又齐刷刷冒出一茬雪白。任你怎样去染，去遮盖，它还是茬茬涌现。

人生的秋天和大自然的春天一样顽强。

挡不住的白发啊！开始时精心细染，不肯漏掉一根。但事情忙起来，没有闲暇染发，只好任由它花白。染又麻烦，不染难看，渐而成了负担。

这日，邻家一位老者来访。这老者阅历深，博学，又健朗，鹤发童颜，很有神采。

他进屋，正坐在阳光里。一个画面令我震惊。

他不单头发通白，连胡须眉毛也一概全白。在强光的照耀下，蓬松柔和，光明透澈，亮如银丝，竟没有一根灰黑色，真是美极了！

我禁不住说："将来我也修炼出您这一头漂亮潇洒的白发就好了，现在的我，染和不染，成了两难。"

老者听了，朗声大笑，然后对我说："小老弟，你挺明白的人，怎么在白发面前糊涂了？孩童有稚嫩的美，青年有健旺的美，你有中年成熟的美，我有老来淡泊自如的美。

　　"这就像大自然的四季，春天葱茏，夏天繁盛，秋天斑斓，冬天纯净。各有各的美感，各有各的优势，谁也不必羡慕谁，更不能模仿谁，模仿必累，勉强更累。

　　"人的事，生而尽其动，死而尽其静。听其自然，对！所谓听其自然，就是到什么季节享受什么季节。哎，我这话不知对你有没有用，小老弟？"

　　我听罢，顿觉地阔天宽，心情快活。摆一摆脑袋，头上花发来回一晃，宛如摇动一片秋光中的芦花。

（《作家文摘》微信公众号 2018 年 11 月 16 日）

永别的艺术

毕淑敏

近读一文，内有几位日本女性，娓娓道来，谈她们如何人到中年，就开始柔和淡定地筹划死亡，机智得令人叹服。

有一位女性，从六十二岁起就把家中房子改建成三间，适合老年人居住，以用作"最后的栖身之所"。删繁就简，把用不着的家具统统卖掉，只剩下四把椅子，两个杯盘。丈夫叹道："这么早就给我收拾好啦！"

一位女儿为父母收拾遗物，阁楼就像旧仓库，到处是旧书和电话簿，摞得比人还高。式样该进博物馆的服装，包装的盒子还未撕开。不知何时买下的布料，质地早已发脆。像出土文物一般陈旧的卫生纸，不起丝毫泡沫的洗涤剂……但房地产证、银行存折、名章等重要物件，却不知藏在什么地方。她想起母亲生前常说，我是不会给孩子们添任何麻烦的……心想，人不能在死亡面前逞强，还是未雨绸缪的好。

她把父母家中的家具、衣物、餐具都处理了，最难办的是，母亲生前花了二百五十万日元自费出版的自传，剩下一百多册，无法处置。再三考虑之后，女儿双手合十默念道："妈妈，留下来的人还要生存，只有对不起您了。"说完，她只收起四本自传，其余的都销毁。母亲的日记，她带走了。但每读一遍，都沉浸在痛苦之中。当她四十九岁时，先烧掉了自己的日记，然后把母亲的日记也断然烧光，从此一了百了。

风靡全球的《廊桥遗梦》，其实也是一部从遗物讲起的故事。死之前应该做的事，似乎还挺多。如果疏忽了，有时是难以弥补的缺憾。一位妻子患病住进医院，丈夫天天守候在床边，寸步不离。妻子刚开始是感动，随之就是生疑。终于察觉到不是一般的病，丈夫是在尽力增多和自己待在一起的时间。她深深地不安了，一再强烈要求出院，回到自己家中。丈夫知她病情重笃，哪敢让她走，只好不断说"明天我们就办手续"，敷衍她。女人终于在一天夜里，大睁着双眼走了。丈夫整理妻子遗物的时候，发现了她与情人八年相通的记载，总算明白妻子最放心不下的是什么了。

读着这些文字，心好像被一只略带冷意的手轻轻握着，微痛而警醒。待到读完，那手猛地松开了，有新鲜蓬松的血，重新灌注四肢百骸，感到阳间的温暖。

第一次清晰地感受生人对死亡的准备，是十几岁下乡时，房东大娘在秋阳下晾晒老衣。她脸上欣赏的神色和寿装上绚丽妖娆的色彩，令我感到老人有一种早日套入它们的期待。细想起来，农牧社会的死亡，也是节俭和单纯的。一个人死了，涉及的不过是几件旧衣，或烧或送，都好处置。其他农具家具炊具，属于大家庭，不会也不应随了死者遁去。

现在社会在种种进步之中，也使死亡奢华和复杂起来。你不在了，曾经陪你的那些物品，还在。怎么办呢？你穿过的旧衣，色彩尺码打上强烈个人印迹，假如没有英王妃黛安娜的名气，无人拍卖无处保存。你读过的旧书，假如不是当世文豪，现代文学馆也不会收藏，只有掩在尘封中，车载斗量地卖废品。你用过的旧家具，式样过时，假如不是紫檀或红木，也无后人青睐，或许丢弃垃圾堆。你的旧照片，将零落一地，随风飘荡，被陌生的人惊讶地指着问：这是谁？

当我认真思忖死后的技术性问题时，感觉到的不再是对死亡的畏惧，而是对不幸参与料理这一事物的人，充满歉意。假如是亲人，必会引起悚痛，但我的本意，是望他们平静。假如是素不相识的人，出于公务或是仁慈相助，更应减少他人的劳动强度。我原以为死亡的准备，主要是思想和意志方面。不怕死，是一个充满思辨的哲学范畴。现在才发觉，涉及死亡的物质和事务，也相当繁杂。或者说，只有更明智巧妙地摆下人生的最后棋子，才能更有质量地获得完整的尊严。

让年富力强的人，考虑死亡，似乎是一件可笑的事情。但死亡必定会在某一个不可知的时辰，与我们正面相撞，无论多么伟大的人都要臣服它的麾下。经常想想自己明天或者最近就可能死，其实很有益处。

第一是有利于感悟生命，体验到它的脆弱和不堪一击，会格外地珍惜今天。有许多暂时看来无法跨越的忧愁与痛苦，在死亡的烈度面前，都变得稀薄了。

第二是有利于抓紧时间。日常生活的琐碎重复，使我们常常执拗地认为，自己是坐拥无限时光的大富翁，可以随意抛洒。死亡给了我们一个不由分说的倒计时，无论你此刻多么精力超群，时间之囊里的水，都在一去不复返地失落着，储备越来越少。

第三是有利于我们善待他人，快乐自身。死亡使真情凸现，友情长存。

总之，死亡可是不讲情面的伴侣，最大特点就是冷不防，更很少发布精确的预告。于是如何精彩地永别，就成了值得深入探讨的问题。日本女人的想法，像她们的插花，细致雅丽，趋于婉约。我想，这门最后的艺术，不妨有种种流派，阴柔纤巧之外，也可豪放幽默。小桥流水或横刀跃马，都可以事先多次设计，身后一次完成。或许将来可有一种落幕时分的永别大赛，看谁的准备更精彩，构思更奇妙，韵味更悠长。唯一的遗憾，就是这比赛的冠军，不能亲自领奖了。

（《作家文摘》2016 年总第 1907 期，摘自《心灵处方》，毕淑敏著，作家出版社 2015 年 11 月出版）

没病的人是无知的

陈思呈

去年某天，正一个人吃饭，突然心脏区域一阵绞痛。我停下碗筷品味陌生的疼痛，但恐惧的程度更大于疼痛的程度。因为想到前几年某友心梗去世，也是类似的心脏绞痛，第一次发作时他并未引起重视，只以为感冒所致，第二天再次发病，便无力回天了。想到这里我赶紧给我婆婆打了个电话求助，说疑似心梗。

我婆婆心脏不好，经验丰富，她听我描述了症状之后，认为应该是心肌缺血。就带着硝酸甘油之类的基础急救药往我家赶来。虽然彼时我已恢复正常，但吾友的前车之鉴阴影太深，我二话不说，便把我婆婆带来的药悉数吃下去。

其中一种是麝香救心丹，但我忘了和婆婆说明，当时我处于生理期，而我也不知道这个药在生理期是禁服的。吃下之后心肌没有再痛过，但出现新的症状，不到一小时，全身已被冷汗湿透，寒冷一阵阵袭击两条被子下的我。

两天的时间我真正履行了一个病人的职责：没离开床上那两条被子。尽管当时已经是四月。

对了，那天正好是四月一号。我瑟瑟发抖地发了条微信到朋友圈：我可能有心脏病！谁知，大多数人以为这是愚人节玩笑，完全得不到想象中的慨叹或者关心。更有甚者，深圳的师兄赶紧微信告诉我："看新闻，深圳设立了免费遗嘱库，要不就来深圳发展吧？"

大概是朋友的态度让我觉得，不去医院看一看倒显得自己不真诚似的。从床上爬起来之后我就去医院挂了个心脏科，查了心电图又做了个胸透，最后的结果是健康得可以上山打虎。我除了庆幸，也略有一点奇怪的空虚。

吾有一友甚至跟风声称她也有心脏病，她说，论起病来，心脏病好像显得很优雅。那段时间，我无意读到一本心理学著作，里面提到，"快乐也是一种有害的情绪，中医说喜伤心，所以少壮就有心脏病的人，多半是成功太多的人"。这个说法简直是为吾友的观点添油加醋。

小疾怡情，有一些小疾似乎确实颇能增添风情。我们小时候有个同学，她的骨骼比普通人要柔软些，但似乎也没有别的麻烦，只是家长让体育老师稍微照顾她一些，这个备受照顾的女孩子一直有众多的爱慕者，我总觉得与她的身体素质不无关系，这种可能称不上疾病的疾病增加了她的神秘感，让她区别于我们茫茫大众。当然我也不得不心情复杂地交代一下，她确实长得非常美丽。

再另一个风情出名的病美人，大概就是《围城》中汪处厚的汪太太了。她患的病是贫血，钱锺书说她"终年娇弱得很，愈使她的半老丈夫由怜而怕"，具体是怎么又怜又怕，这就不多说了。

至于心脏病，美国知识分子桑塔格在《疾病的隐喻》一书中提到了。她说："没有人会考虑对心脏病人隐瞒病情——患心脏病没有什么丢人的。人们之所以对癌症患者撒谎，不仅因为这种疾病是死刑判决，还因为它——就这个词原初的意义而言——令人感到厌恶：对感官来说，它显得不祥、可恶、令人反感。心脏病意味着身体机能的衰弱、紊乱和丧失；它不会让人感到不好意思，它与当初围绕结核病患者并至今围绕癌症患者的那种禁忌无关。"

桑塔格说疾病是生命的阴面，是一重更麻烦的公民身份。谈论疾病，沉重的笔触似乎是一种起码的修养。但在这沉重之外，若能感到各种疾病被我们或势利、或无厘头地品味出各种不同意味，似乎也是非常冷酷的幽默。

吉田兼好的《徒然草》里很漫不经心地写过一句，有几类人不能与之为友，前面几类人都很合理，因此看过也就忘了，而最后一类人是——"身体很好、从不生病的人"——这句话里的道理，一时说不清楚，却可以意会。"从不生病"大概有种不留余地的气质，同样也很难对"弱"有真正的体恤，因为他的想象力未必能细腻到让他感同身受。

在那些偶尔的疼痛、微小的不适、可以迅速治愈的病患里，我们似乎能得到很多健康时得不到的人生况味。就像以前，我曾经不知道胃在哪里，自从有一次胃痛之后，就知道了它的位置。以此类推，是不是可以说，如果从来不知道心痛是怎么回事，也可能因为没有患过爱情这种疾病。没病的人是无知的。

（《作家文摘》2017年总第2015期，摘自2017年2月23日《文汇报》）

不顾一切地老去

张丽钧

天光有些暗。我侧脸照了一下镜子，竟被镜中的影像吓了一跳。那个瞬间的我，像极了自己的母亲；一愣神儿的工夫，我越发惊惧了，因为，镜中的影像，居然又有几分像我的外祖母了。我赶忙揿亮了灯，让镜中那个人的眉眼从混沌中浮出来。

这么快，我就攒上了她们。

母亲有一件灰绿色的法兰绒袄子。盆领，泡袖，掐腰，用今天的话说，是"很萌"的款式。大约是我读初二那年，母亲朝我抖开那件袄子说："试试看。"我眼睛一亮——好俏气的衣裳！穿在身上，刚刚好。我问母亲："哪来的？"母亲说："我在文化馆上班的时候穿的呀。"我大笑。问母亲："你真的这么瘦过？"

后来，那件衣服传到了妹妹手上。她拎着那件衣服，不依不饶地追着我问："姐姐，你穿过这件衣服？你真的那么瘦过吗？"

现在，那件衣服早没了尸首。要是它还在，该轮到妹妹的孩子追着妹妹问这句话了吧。

人说，人生禁不住"三晃"：一晃，大了；一晃，老了；一晃，没了。

我在晃。

我们在晃。

倒退十年，我怎能读得进去龙应台的《目送》？那种苍凉，若是来得太早，注定溅不起任何回音；好在，苍凉选了个恰当的时机到来。我在大陆买了《目送》，又在台北诚品书店买了另一个版本的《目送》。太喜欢听龙应台这样表述老的感觉——

> 走在街上，突然发现，满街的警察个个都是娃娃脸；逛服装店，突然发现，满架的衣服件件都是适合小女生穿的样式……

我在书外叹息着，觉得她说的，恰是我心底又凉又痛的语言。

记得一个爱美的女子曾说过这样一段话：

> 揽镜自照，小心翼翼地问候一道初起的皱纹："你是路过这里的吧？"皱纹不搭腔，亦不离开。几天后，再讨好般地问一遍："你是来旅游的吗？"皱纹不搭腔，亦不离开。照镜的人恼了，遂对着皱纹大叫："你以为我有那么天真吗！我早知道你既不是路过，也不是旅游，你是来定居的呀！"

有个写诗的女友，是个高中生的妈妈了，夫妻间唯剩了亲情。一天早晨，她打来电话，跟我说："喂，小声告诉你——我梦见自己在大街上捡了个情人！"还是她，一连看了八遍《廊桥遗梦》。"罗伯特站在雨中，稀疏的白发，被雨水冲得一绺一绺的，悲伤地贴在额前；他痴情地望着车窗里的弗朗西斯卡，用眼睛诉说着他对四天来所发生的一切的刻骨珍惜。但是，一切都不可能再回来了……我哭啊，哭啊。你知道吗？我跟着罗伯特失恋了八次啊！"——爱上爱情的人，最是被时光的锯子锯得痛。

老，不会放掉任何一个人。

生命，不顾一切地老去。

多年前，上晚自习的时候，一个女生跑到讲台桌前问我："老师，什么叫'岁月不饶人'啊？"我说："就是岁月不放过任何一个人。"她越发蒙了："啊？难道是说，岁月要把人们都给抓起来吗？"我笑出了声，惹得全班同学都抬头看。我慌忙捂住嘴，在纸上给她写了五个字："时光催人老。"她似懂非懂地点点头，回到座位上去了。其实，再下去几十年，她定会无师自通知晓这个词组的确切含义的。当她看到满街的娃娃脸，当她邂逅了第一道前来定居的皱纹，当她的爱不再有花开，她会长叹一声，说："岁月果真不饶人啊！"

深秋时节，握着林清玄的手，对他说："我是你的资深拥趸呢！"想举个例子当佐证，却不合时宜地想起了他《在云上》一书中的那段话：

> 一想到我这篇文章的寿命必将长于我的寿命，哀伤的老泪就止不住滚了下来……

这分明是个欢悦的时刻，我却偏偏想起了这不欢悦的句子。——它们，在我的生命里根扎得深啊！

萧瑟，悄然包抄了生命，被围困的人，无可逃遁。

离开腮红就没法活了。知道许多安眠药的名字了。看到老树着新花会半晌驻足了。讲欧阳修的《秋声赋》越来越有感觉了。

不再用刻薄的语言贬损那些装嫩卖萌的人。不经意间窥见那脂粉下纵横交错的纹路，会慈悲地用视线转移法来关照对方脆弱的虚荣心。

柳永有词道："是处红衰翠减，苒苒物华休。"这样的句子，年少时根本就入眼不入心。于今却是一读一心悸，一读一唏嘘。说起来，我多么为梅丽尔·斯特里普和克林特·伊斯特伍德这两个演员庆幸，如果他们是在自己的青葱岁月中冒失闯进《廊桥遗梦》，轻浅的他们，怎能神奇地将自我与角色打烂后重新捏合成一对完美到让人窒息的厚重形象？

不饶人的岁月，在催人老的同时，也慨然沉淀了太多的大爱与大智，让你学会思、学会悟、学会怜、学会舍。

去探望一位百岁老人。清楚地记得，在校史纪念册上，他就是那个掷铁饼的英俊少年。颓然枯坐、耳聋眼花的他，执意让保姆拿出他的画来给我看。画拿出来了，是一叠皱巴巴的仕女图。每个仕女都画得那么难看，像幼稚园小朋友的涂鸦。但是，这并不妨碍我兴致勃勃地欣赏。

唉，这个眼看要被"三晃"晃得灰飞烟灭的生命啊，可还记得母校操场上那个掷铁饼的小小少年？如果那小小少年从照片中翩然走出，能够认出这须眉皆白的老者就是当年的自己吗？

从子宫到坟墓，生命不过是这中间的一小段路程。

我们回不到昨天；明天的我们，又将比今天凋萎了一些。那么，就让我们带着三分庆幸七分无奈，宴飨此刻的完美吧……

（《作家文摘》2016年总第1946期，摘自《蝴蝶的一个吻触》，张丽钧著，作家出版社2015年5月出版）

辑五
红尘相看

中国人常说安身立命。

什么是安身立命?

我看就是与红尘相安,

我不破你,你也破不了我。

别吓着机器

黄永玉

这时代变化快。但纵然技术日新月异，历史上流逝的汗水光阴，都称得上一个"伟大"。

前几天看到个短消息，一百三四十年的柯达公司停业了。说得清清楚楚，不是倒霉，不是垮台，不是跟人闹脾气，是自动不干。

开创人是乔治·伊斯曼先生，他发明照相的乳剂配方，干版和胶片和以后的胶卷，柯达盒式照相机，勃朗宁盒式照相机。

这种盒式勃朗宁有句广告语："只要手指头按一按！"（这句话百多年一直按到现在。）

这是 1900 年的事。

1937 年 4 月 4 日儿童节在长沙，家父三块多钱买了部这东西送我，一直带在身边。六月份跟家二叔到了厦门，七月份全面抗战开始。

1945 年抗战胜利，我在江西寻乌县（毛主席写寻乌县长冈乡考察报告的那个寻乌县）。

1946 年在广州，把这架伴随我八年苦难的小黑盒子转送给妻子的弟弟阿川，再由他用胶布粘补裂缝，不晓得又用上多少年……

所以我记得住柯达公司，也没忘记乔治·伊斯曼先生。每次想到他们，仿佛闻得到一种文化历史的香气。

这类消息并没有让我惊慌失措，也没听见别人在幸灾乐祸，只是让人温暖地翻阅历史文化大书的某一页而已。

不过，我仍然觉得这是个不小的文化动静。有了柯达公司与乔治·伊斯曼先生的发明，才有办法把世界这一百多年来的大事小事都活生生记录下来，让人们的眼睛亲自看到历史。

举个好玩的假定：要是早两千多年，由秦朝的李斯或秦始皇、唐朝的唐太宗或吴道子，或宋朝的张择端，或是历朝历代的史官们发明了摄影技术而不是竹简、木牍记录本朝野万端杂事留给后世，让我们像看电影一样看到当年历史人物真身活动的记录，该有多妙！（当然也有点害怕。）

把这种梦想缩回现实，乔治·伊斯曼先生这一百多年记录功劳也足够可以的了。

所以我想说，乔治·伊斯曼先生和他的柯达公司有点"伟大"，不晓得可不可以？

柯达公司停止活动了，"潇洒！"

做生意的看准形势，玩到这种水平还真不易。

世界上常发生这类换位变化。自然换位和社会换位，也让我想到木板拖鞋问题。

我是在闽南长大，在广东成年的。对于穿木拖鞋相当习惯。如果不上班，不开会，不访友，在家大都穿它。闽南厦门，泉州人称它作"茶（柴）枒"（"枒"这个字用得很勉强，原应是双音字，有个"K"音当头）。广东的广州，香港一带称作"莫枒"（上声）（木枒，

"枷"也是个双音字，也有个"K"音当头）。

粤、闽两地人穿木拖板很自在，甚至套在脚上可以飞跑。打架时捏在手上当武器。

这东西从古就有，它跟脚的关系比内地人亲密得多。追究历史完全犯不着。

大街小巷，随处找得到为人急修木屐的小摊铺，大多牛皮带两边掉了钉子。你知道这三两分钱的生意，养活多少赖以为生的男女老少家口吗？

满街的"搭啦！搭啦！"木屐声，只到中夜能得片刻消停，真用得上萨都剌《满江红》那词："听夜声寂寞打孤城"。

谁能想象自从塑料拖鞋上市以来，那个万家钉屐的小摊子从此打锣也找不回来了。

这类变化，市面上没发生过惊涛骇浪，怪谁也怪不着。能设想千百年习以为常的生活方式一下子不见了！达尔文的"演变"规律也来不及这么快。

上中学的时候就晓得上海有个林语堂先生，跟鲁迅先生有来往，英文好，爱讲滑稽话。后来到美国去了。写好多介绍中国文化的书。我看过一点，觉得大部分是写给外国人看的浅话。不耐烦看了。

后来听说他在发明中文打字机。几万汉字的打字机比二十六个字母的打字机发明难多了，心里产生了尊敬和佩服，也以为这事深感造难。

发明出来有什么用？

能普及吗？

贵吗？

再过一些时候才想起另外的问题：

他不懂机械原理，"作用力等于反作用力"蒙昧跟发明热情打架，谁也熬不过谁。

他没有多少本钱。

做机器工艺容易烦躁，常会跟同伴吵架闹场合。

他没有机会享受成果的快乐，得到的只是饮恨。好不公道啊！天老爷！我见过那架结构非常复杂的成品照片屹立桌上，像一座巍峨的烈士公墓。

女儿在美国卫斯理大学读书的时候，听说体验过一年多语堂先生的打字机原理。

全世界一阵妖风刮起，飞沙走石——

新世界揭幕，电子芯片出现。

历史上流逝的汗水、眼泪、光阴、愿望、足迹都能找到去处，找到归宿。幼稚行为是开发的源头，甚至，甚至，看在文化份儿上，献一把鲜花给林语堂先生吧，别再嘲笑他那部中文打字机吧！

底下讲我耗费了大半辈子时光干的事。

"木刻"。

把一块画在木板上的稿子刻出来，挖掉不要的部分，留下要的部分。就这么简单。也教过学生这么做，不要听反了。

木刻艺术是跟着原木刻书籍版本正经大事演化出来的。

我年轻时候有幸拜识过老刻版匠的神圣工作，一字一字刻着某部分的某一页、某一行、某一颗字。天晓得他老人家哪年哪月哪天把这整部书刻出来？

谁计算过《四库全书》是由多少人刻出来的？中国历代所刻书

籍能搭几条万里长城？要清楚，书的长城之下，一定也哭着孟姜女、杨姜女、熊姜女……

"一书功成万骨枯"啊！

我在报馆工作过一段时期，熟悉印刷过程和机器，排字用铅字排版，用铅汁浇灌纸型，上印刷机印刷。机器一开动，松了一口大气。好轻松，好简单。好现代！好规模！

我十几年前去参观印刷厂。

单栋五层楼高的大厅装着三十米长、十五米高的机器。卷筒纸这头进，那头出来的彩色斑斓的书。自己往卡车上送，静悄悄像一群鱼。

楼上两男一女坐在电脑边，手指不停晃动。他们是楼下机器的司机。

楼底机器边站着三个人，也跟机器一动不动。

我对老板说："太安静了，你大叫一声试试！"

他说："不敢，会吓着机器。"

（《作家文摘》2019 年总第 2241 期，摘自 2019 年 5 月 29 日《新民晚报》）

朋友是磁石吸来的铁片儿

贾平凹

　　朋友是磁石吸来的铁片儿、钉子、螺丝帽和小别针，只要愿意，从俗世上的任何尘土里都能吸来。现在，街上的小青年有江湖义气，喜欢把朋友的关系叫"铁哥们"，第一次听到这么说，以为是铁焊了那种牢不可破，但一想，磁石吸的就是关于铁的东西呀。这些东西，有的用力甩甩就掉了，有的怎么也甩不掉，可你没了磁性它们就全没有喽！昨天夜里，端了盆热水在凉台上洗脚，天上一个月亮，盆水里也有一个月亮，突然想到这就是朋友嘛。

　　我在乡下的时候，有过许多朋友，至今二十年过去，来往的还有一二，八九皆已记不起姓名，却时常怀念一位已经死去的朋友。我个子低，打篮球时他肯传球给我，我们就成了朋友，数年间形影不离。后来分手，是为了从树上摘下一堆桑葚，说好一人吃一半的，我去洗手时他吃了他的一半，又吃了我的一半的一半。那时人穷，吃是第一重要的。现在是过城里人的日子，人与人见面再不问"吃过了吗"的话。在名与利的奋斗中，我又有了相当多的朋友，但也在奋斗名与利的过程中，我的朋友变换如四季。……走的走，来的来，你面前总有几张板凳，板凳总没空过。

我做过大概的统计，有危难时护佑过我的朋友，有贫困时周济过我的朋友，有帮我处理过鸡零狗碎事的朋友，有利用过我又反过来踹我一脚的朋友，有诬陷过我的朋友，有加盐加醋传播过我不该传播的隐私而给我制造了巨大的麻烦的朋友。成我事的是我的朋友，坏我事的也是我的朋友。有的人认为我没有用了不再前来，有些人我看着恶心了主动与他断交，但难处理的是那些帮我忙越帮越乱的人，是那些对我有过恩却又没完没了地向我讨人情的人。地球上人类最多，但你一生的交往最多的却不外乎方圆几里或十几里，朋友的圈子其实就是你人生的世界，你的为名为利的奋斗历程就是朋友的好与恶的历史。

有人说，我是最能交朋友的，殊不知我相当多的时间却是被铁朋友占有，常常感觉里我是一条端上饭桌的鱼，你来捣一筷子，他来挖一勺子，我被他们吃剩下一副骨架。当我一个人坐在厕所的马桶上独自享受清静的时候，我想象坐监狱是美好的，当然是坐单人号子。但有一次，我独自化名去住了医院，只和戴了口罩的大夫护士见面，病床的号码就是我的一切，我却再也熬不了一个月，第二十七天里翻院墙回家给所有的朋友打电话。也就有人说啦："你最大的不幸就是不会交友。"这我便不同意了，我的朋友中是有相当一些人令我吃尽了苦头，但更多的朋友是让我欣慰和自豪的。过去的一个故事讲，有人得了病看医生，正好两个医生一条街住着，他看见一家医生门前鬼特别多，认为这医生必是医术不高，把那么多人医死了，就去门前只有两个鬼的另一位医生家看病，结果病没有治好。旁边人推荐他去鬼多的那家医生看病，他说："那家门口鬼多，这家门口鬼少。"旁边人说："那家医生看过上万人的病，死鬼五十个，这家医生在你之前就只看过两个病人呀！"我想，我恐怕是门前鬼多的那个医生。

根据我的性情、职业、地位和环境，我的朋友可以归两大类：一类是生活关照型。人家给我办过事，比如买了煤，把煤一块一块搬上楼，家人病了找车去医院，介绍孩子入托。我当然也给人家办过事，写一幅字让他去巴结他的领导，画一张画让他去银行打通贷款的关节，出席他岳父的寿宴。或许人家帮我的多，或许我帮人家的多，但只要相互诚实，谁吃亏谁占便宜就无所谓，我们就是长朋友，久朋友。一类是精神交流型。具体事都干不来，只有一张八哥嘴，或是我慕他才，或是他慕我才，在一块谈文道艺，吃茶聊天。在相当长的时间里，我把我的朋友看得非常重要，为此冷落了我的亲戚，甚至我的父母和妻子儿女。可我渐渐发现，一个人活着其实仅仅是一个人的事，生活关照型的朋友可能了解我身上的每一个痣，不一定了解我的心，精神交流型的朋友可能了解我的心，却又常常拂我的意。快乐来了，最快乐的是自己。苦难来了，最苦难的也是自己。

然而我还是交朋友，朋友多多益善，孤独的灵魂在空荡的天空中游弋，但人之所以是人，有灵魂同时有身躯的皮囊，要生活就不能没有朋友，因为出了门，门外的路泥泞，树丛和墙根又有狗吠。

西班牙有个毕加索，一生才大名大，朋友是很多的，有许多朋友似乎天生就是来扶助他的，但他经常换女人，也换朋友。这样的人我们效法不来，而他说过一句话："朋友是走了的好。"我对于曾经是我朋友后断交或疏远的那些人，时常想起来寒心，也时常想到他们的好处。如今倒坦然多了，因为当时寒心，是把朋友看成了自己和自己的家人，殊不知朋友毕竟是朋友，朋友是春天的花，冬天就都没有了，朋友不一定是知己，知己不一定是朋友，知己也不一定总是人，他既然吃我，耗我，毁我，那又算得了什么呢，皇帝能养一国之众，我能给几个人好处呢？这么想想，就想到他们的好处了。

今天上午，我又结识了一个新朋友，他向我诉苦说他的老婆工作在城郊外县，家人十多年不能团聚，让我写几幅字，他去贡献给人事部门的掌权人。我立即写了，他留下一罐清茶一条特级烟。待他一走，我就拨电话邀三四位旧的朋友来有福同享。这时候，我的朋友正骑了车子向我这儿赶来，我等待着他们，却小小私心勃动，先自己沏一杯喝起，燃一支吸起，便忽然体会了真朋友是无言的牺牲，如这茶这烟，于是站在门口迎接喧哗到来的朋友而仰天哈哈大笑了。

（《作家文摘》2016 年总第 1947 期，摘自《朋友》，贾平凹著，重庆出版社 2015 年 1 月出版）

眼角眉梢

刘心武

看人要看眼角眉梢，最早是母亲告诉我的。第一回也并非直接告诉我，那一年我还在上学，姐姐已经上到高中，她约了几个同学来家里玩，有男生也有女生，我混在他们中间厮闹，非常快活，当中去了趟厨房，只见妈妈正在那里跟爸爸说话，爸爸对妈妈前面说的话似乎不以为然，妈妈就把姐姐的小名和一位男生的外号并提，对爸爸说："别看他们总隔着几个同学……唉，看人要看眼角眉梢啊……我真有点担心！"爸爸进屋以后是否特别地去观察了姐姐和那位男生的眼角眉梢，我不得而知，我回到姐姐他们中间以后，特别注意了一番，无甚收获，后来就玩笑一处，把这事淡忘了。

上到初中以后，爱上了文学，于是发现，诗人也好，散文家、小说家也好，经常地要写到人物眼角眉梢的动静，甚至剧本的提示部分，也会特意地说明"眉尖一颤，眼珠一斜"。姐姐阅读文学书籍领先于我，那时已经上了大学，暑假回家，我就把这眼角眉梢的问题提出来讨论，姐弟至亲，无所避忌，我就连她高中时的眉目传情事也举例其中，姐姐笑道："现在若你见到我们聚在一起，那眼角眉梢造出的句子肯定不一样了。"人就是这么在社会上生活，心里意思，脸色上不想显露，面部肌肉容易控制，但眼角眉梢很难驾驭，一不留神，就终于还是会抖搂出来。姐姐悟性虽高，但那时所悟，多半还是来自书本启发，真到了漫长的生活实践里，她仍多有未能衡出眉眼高低的失误。

"文革"期间，父母所在的一所外地部队学院也闹翻了天，后来更酿成激烈的武斗，父母只好逃到北京避难。我那时虽然已经在中学工作，但还没成家，住的集体宿舍，学校里乱成一锅粥，自身难保，无力安顿父母。父母暂住姐姐家，但姐姐家也在部队大院，虽未武斗，气氛也很险恶。那天我陪父母上街，忽然与父母一位老朋友两口子邂逅，惊呼热中肠后，大家移到远离人群的树荫下说话，我看他们对父母友情依旧，便忍不住提出，因为我和姐姐那么个具体情况，可否由他们收留父母一时？他们连说"可以呀可以呀"，我正吁出口气来，母亲却坚决地辞谢，父亲也说我姐姐那里还好，而且也不想多留，只要得到他们学院宿舍恢复水电的消息，也就马上回去。和那对伯伯伯母分手后，母亲认真地对我说："你怎么看人还不懂得看眼角眉梢？"她指出，人家心里确实想收留他们，但眼角眉梢流露出许多的难处，这种年月，怎能给人添非同小可的麻烦？

从那以后，人际交往中，看人看眼角眉梢成了我的习惯。特别是社会转型之后，纯真渐罕，人性深处的东西上蹿，作为社会人，大多有了更多的可资倒换的面具，或具有所谓不动声色的超级定力静气，人际交往中礼数掩蔽真意、客套包藏二心，衡人表面已难，遑论知心。这也未必是世风日下吧。这样的人际交往，有利于保护各自隐私，有利于把法律法规合同契约置于情感之上，有利于按游戏规则谋求利益的最大化、避免一念之善所引来的依赖或一念之差带来的损失。但是，无论如何，绝大多数人，仍不免在瞬间里，通过眼角眉梢，把心中隐秘的情愫泄露出来。眼角的一星泪光，眉梢的一霎轻颤，往往胜过宣言檄文。就我自己来说，不怕从眼角眉梢道出肢体语言、面目肌肉表情和一般话语难以表述、难以尽述的心灵隐语，令人感受回味；就他人来说，那眼角眉梢有意无意所传递出的信息，是我读人世大书最好的钥匙，读懂了别去点破，悟在心中，常常反刍，可作滋灵补品。

（《作家文摘》2016 年总第 1988 期，摘自《茅盾文学奖获奖作家青少经典·刘心武作品中学生读本》，人民日报出版社 2014 年 7 月出版）

幸福就在我们身后

麦　家

我养过两只狗。

一只是朋友送的黑背德牧，系出名门，血统高贵，仪表不凡。品种的因袭分量和朋友的一片情谊，使我不敢轻忽怠慢，顿顿都以上好的骨肉款待，有时还喂羊汤、牛奶。如此悉心维护，犹恐失其身份、屈其美好。日宠夜呵下来，渐渐的，它除了精肉细骨一概不食，包括龙骨和猪皮。到后来，甚至连超市买来的高价狗粮它都懒得睇一眼，给我感觉，它一时自珍为娇生惯养的千金，一时像足了崖岸自高的贵胄，一时摆弄成满腔愁郁的怨妇。以至不论怎么着紧它，我都分明能从它慵懒冷漠的眼神里，看到它深彻的不满和沉沉的怨气。

另外一只，是自发跟我回家的流浪土狗。那时我在部队，家里不开伙，吃食堂。条件差，只能粗生陋养，想起了给它从食堂带点剩菜剩饭，想不起就任它自生自灭。日子长了，我发现，我慢待的其实不是贱种卑物，不是杂草闲花，而是"朋友"。这朋友，需要的仅仅是一碗粗粝的糙米饭，掺上一点点碎菜和残汤，若哪天加上一段排骨或一只鱼头，就能叫它乐得心头开花，尾巴都能笑出声。它皮肤有病，生相丑陋，我平常懒得理它，可它从不计较，一看到我，总是神采奕奕，欢欢喜喜围着我转；一见我要走，总是恋恋不舍，送我一程又一程。

两只狗，前者是官家小姐多怨怼，身在福中不知福；后者是残羹冷炙漫销魂，知音见采唱阳春。说白了，其中的道理很简单：粗茶淡饭出滋味，穷奢极欲总空虚。

联想到自己，外人看来可能觉得我名利双收，风光无限，其实在这个光鲜形象之后，我却时常感到乏力沮丧。因为这时代与我的愿望是有距离的，物质过分泛滥臃肿，过分强大，情感过于复杂纠结，过于虚假，真相在习惯性被歪曲、掩盖，公理和常识在逃之夭夭，恍然间，一切都像被物质这团势不可当的大雪球滚了进去，裹成良莠间杂的一大团脏。而这样的脏雪球，在这个季节里，满山遍野都是，动辄就能引发几场极具摧毁力的大雪崩。

我时常想，我们至深的需要其实很简单，冬天有阳光，夏日有轻风，粗茶淡饭，容膝小斋。但总有人，太多的人，带动更多的人，喜欢把生活搞得花团锦簇，冬日渴望骄阳似火，夏天奢求西伯利亚的寒风，渴了要琼浆玉液，饿了要珍馐百种，而且想到做到，决不姑息迁就。人们学会了极端地展览生存，极端地催肥生活，极端地优待皮囊。殊不知，这是极端地遗忘了幸福之根不系于身体，而是系于身体里的一个特殊器官，一个独立于消化系统、呼吸系统、内分泌系统和感官系统之外的部件——灵魂。它是如此一尘不染，可又是如此易惹尘埃！于是常常出现这种可笑的现象：一边是极端地享受，一边是极端地痛苦。我的德牧就是这样，在高规格的款待中学会了痛苦，而那只丑陋土狗在剩饭剩菜里尝到了甜蜜，尝到了主人的温情和爱，并感念在心，知恩图报。

人自然是比狗高等，我们读书，我们思考，我们感悟，但我们有些感悟却并不如一只狗的情感自觉。其实，很多感悟并不需要我们主动去感去悟，而只要照搬套用即可，比如如何获得幸福的问题，先哲早给我们立下公式，留下警言。有个说法，叫"过犹不及"，有个成语，叫"欲壑难填"。确实，欲望是个永远无法满足的东西，如多米诺骨牌，动一牵百，一生二，二生三，有始无终。可静下来想，你不难发现，很多欲望是无用的，只会让自己的生活变得复杂、脆弱，复杂叫你惘然，脆弱叫你惶然。

当代人精于图谋，却疏于思考，很多问题我们是不问的，因为生活节奏太快，没时间去问。我们总是在不停地往前冲，以为前面有很多好东西在等着我们，其实很多好东西是在我们身后：家在我们身后，老朋友在我们身后，美好单纯的友情在我们身后。印度有句谚语说得好：请慢点走，等一等身后的灵魂。所以，我总告诫自己，要经常停下来，想一想灵魂在哪里，可别把它丢了。灵魂丢了，空了，我们能拿消化系统去感受温暖，能拿神经系统去感受幸福吗？

（《作家文摘》2017 年总第 2058 期，摘自《非虚构的我》，麦家著，花城出版社 2013 年 6 月出版）

红尘相看

王鼎钧

人说看破红尘，陈楚年说"被红尘看破"。

"看破红尘"是老生常谈，"被红尘看破"就是自铸新词了。人生在此一直为红尘察看而不自觉，猝然说穿，有惊艳之感。

想吾人呱呱坠地即被红尘盯牢，"头角峥嵘""啼声洪亮"等成语，即是确凿明显的证据。然后进入社会，老板"用人之智去其诈，用人之勇去其怒，用人之仁去其贪"。然后……红尘一直看你看到末日。

谈到"末日"，想起婚礼丧礼的场面，戚族世寅各路关系济济一堂，大部分人目光炯炯，面无表情。他们来干什么？他们是红尘，来看你，看你的气色、时运、排场，看某公有没有亲自到场，礼簿上收了多少钱。孟子评论葬礼，有"吊者大悦"之语，四个字泄露了秘密。人家死了人，你高兴个什么劲儿？这并非有新仇旧怨，而是通过办丧事对其人看好，给了一个满分。

记得当时年纪小，我大概十岁。学校里演话剧，我在看，训育主任塞给我一沓铜圆。一对褴褛的老年夫妇跪在舞台口上，诉说日本军队怎样毁了他们的家。训育主任给我的任务是老人说到最激昂处，掏出铜圆来撒在舞台上。

那时年纪小，事过也就忘了。年终，成绩单发下来，我的操行特优。依照规定，学生必须以行为表现他的品德，并经学校贴出布告来表扬，才有条件进入"特优"之列，我并没有，所以，父亲觉得奇怪。

父亲去拜访训育主任，探听"特优"的来历，我这才想起舞台上的那一沓铜圆，这才知道训育主任把铜圆交给我的时候，他记下了数目，等演员把散落在舞台上的铜圆捡起来，他在后台清点了数目。铜圆一个也没少，我全慷慨地"施舍"了。他很满意。

多年后回想这件事，才知道人生在世一直被测试，被估量，被猜防，从出生之日人家听你的啼声就开始，直到吊者大悦或者为吊者所不屑。孔夫子，有时也是一片红尘而已，他说"后生可畏，焉知来者之不如今也"，他盯上你了。"四十五十而无闻焉，斯亦不足畏也已矣。"他把你看"破"了。每读孔子这段话，我常想起"黔驴技穷"的故事。贵州的老虎没见过驴，起初看不透，以为是什么神怪，经过一番搜索试探，乃大喜曰："技止此矣！"结果，老虎把驴子吃了。

其实"四十五十而无闻焉"也还没什么，只是人还得继续活下去。我的一位老上司曾用"风马牛"三字造句，形容"人在红尘"的三阶段。

第一阶段：风华正茂　马到成功　牛刀小试

第二阶段：风头出足　马屁拍足　牛皮吹足

第三阶段：风烛残年　马齿徒增　牛衣对泣

到这第三阶段，自然已被红尘看破。大概也就在这般时候，人也就看破了红尘。中国有敬老的传统，但也有"寿则多辱"的名言。

多辱者何？红尘向你浇冷水、划界限也。有人为了趋吉避凶，提前看破红尘，以为得计，不幸并非上策，你抢先看破他，他也立刻跟上来看破你。因此人生在世，总要对红尘"破而不看"，对人喊着"相公厚我"，拖一天算一天，虚应故事，虚张声势，把"大限"尽量延后。

所以人生在世，压力沉重，所以道家说"劳生乐死"，佛家说"苦海无边"，耶稣说"凡劳苦担重担的人都可以到我这里来，我必使你们得享安息"。可是时至今日，教堂寺院也已非安息之所，你进去以后更累。所以酒馆、戏院无可取代。连丘吉尔都说"酒店关门时，我就走"，盖店已打烊，只好离开，可以想见一番踽踽凉凉。

中国人常说安身立命。什么是安身立命？我看就是与红尘相安，我不破你，你也破不了我。

（《作家文摘》2017 年总第 2040 期，摘自《活到老，真好》，王鼎钧著，商务印书馆 2017 年 1 月出版）

穷孩子与富孩子后来的人生

闫　红

诚实说，我并不是在极端匮乏的物质环境里成长起来的，我小时候的课外书比别的同学多，初中时开始有一点可以自己支配的零花钱，1994 年大学还没扩招，我爸愿意自费送我去一所南方城市读书，让我的邻居都感到惊奇："为一个女孩子，花这么多钱……"

对，你看出来了，我成长于一个重男轻女之风颇为严重的中原小城，我家里人算是好的了，力求给我比较好的资源，奈何对于一个中等人家的无知孩童，爱攀比的、容易产生匮乏感的点，偏偏不是教育资源，而是在别人眼中细枝末节的小事。

我比较的对象是我的弟弟。我父母就两个孩子，我弟的处境却与我有很大差别。我爸兄弟俩，我大伯生了八个闺女，加上我，在我弟出生之前，家族中已有九个女孩。即使他们主观上想一视同仁，客观上也仍然不免有所倾斜。

我弟五岁时，我大伯送了他一件价值不菲的真皮夹克，要知道吾乡有种说法，叫"有钱打扮十七八，没钱打扮屎娃娃"，因为孩子长得快，把钱花在孩子的穿着打扮上不值得。但我大伯不管，他就是想表达他的宠溺。我弟十岁时，积攒下来的零花钱足够买一支气枪，他还是他们班第一个拥有山地车的人。

我至今记得我弟跟家里要山地车的情景。我弟倔强地昂着脸，我妈默默流泪，我家当时的经济状况，也不至于买不起一辆山地车，但一向省吃俭用的我妈，对花那么多钱买辆山地车这件事缺乏想象力。最后是我爸打了圆场，拿出自己的私房钱给我弟买了，我内心当然是不平衡的，我骑的是我妈淘汰下来的旧车，同时也对我爸这样惯儿子而痛心疾首。

在这个场景中，我是懂事的，知道心疼大人的，将来一定会是一个有出息的好孩子；我弟是恃宠而骄的，将来一定无法无天。然而，命运是如此诡异，事实上，我弟后来无论是个人生活质量（不只是收入），还是对家庭做出的贡献，都比我要高。我爸以一种貌似性价比不高的方式，实现了性价比极高的效果，这让我曾经有所怨艾，现在更多是一种局外人的深思。

因为从小就自甘弱势，我安全感极差，永远量入为出，从不大手大脚。买东西非常地注重性价比，尤其是买衣服，我看见"Sale"就很兴奋，要是打五折就非买不可，即使东西只是差强人意，只要价格合适，也会拿下。导致的后果是，衣柜里铺天盖地的一大堆"优衣库""H&M"，参加正式场合时仍然没有衣服，平时也是丢人堆里立即被淹没。

吾友许可曾经很郑重地对我说，你买衣服的过程，追求的是"买的快乐"，而不是"穿的快乐"，表面上看，你买得很划算，但一再低水平地重复建设，花的钱并不少，却没有提升你的衣着水平。你没有听说过"便宜东西买不起"这句话吗？

不幸的是，我不只是在买衣服上犯这种错误，买房子也是。我买房子比较早，2002 年，那时房价已经起来了，但还没像现在这么夸张，我手里的钱，在中档小区买个 110 平方米的房子，够付四成首付，然后可以使用公积金贷款；如果再买大一点的话，就只能付三成，无法使用公积金贷款。我想也没想就选了第一种方案，住小一点也没关系嘛，大了打扫起来还不方便呢。

住进去之后才知道，在一个小区里，比较小的户型位置都是最差的，我家北边靠路，整日整夜，汽车轰隆隆而过，悔不当初。可是，重回当初，我又能做出更好的选择吗？不能。一个人的消费观，也许从五岁时就已经定型。

我弟和我正相反，他到 2006 年才买房子，那时候房价涨得已经很吓人了，他手里的钱，又非常之少。但他毫不犹豫地选了一个高档小区最贵的楼层，贷了三十多万元，二十年还清。我跟他算利息，二十年后，利息都跟本钱差不多了，我的房贷，选的是五年还清，五年期利率最低，我弟一笑了之。

然后呢，房价一拨一拨地朝上涨，我的房子地段一般，位置不好，涨得极慢，我弟的房子，却后来者居上，收益很快就超过我那套。加上我每月偿还贷款过多，没有机会做新的投资，我自以为精明的小算计，反而让财产缩水。

单是房产投资上的失误，是不值得我写上这么一大篇的，下面我要说到更重要的，对于性价比的过分重视，也会影响我在事业上的选择。许多年来，我一直想写一部家族小说，如今我年过四旬，出了七本书，却都不是那部家族小说。我没法下决心动笔，写个随笔，总不会写得太差，总能发表，最后也总能结集出版。而小说我以前写得少，我担心失败，担心白费工夫，我有点像《围城》里的方鸿渐，明明真爱是唐晓芙，却一而再地和苏文纨周旋着。

我弟就不一样，他打小就有点商业头脑，后来开了个影楼。一开始，他开的那个小影楼是赚钱的，虽然不多，却远强过工薪阶层。但我弟有野心，非要再开个大的，大影楼开起来，生意萧瑟如被秋风横扫过的落叶乔木的树梢，我偶有空闲，坐在他的店里，看外面行人匆匆，却没有一双脚显示出朝店里拐的意向。

要是我，可能就想关门了，我总是担心手中的所有会顷刻间清零；我弟却是一种"千金散尽还复来"的笃定。冷不丁的，他把住房抵押了出去，又开了第三家店。

坚持了几个月之后，渐渐有了盈利，他有了资本做广告，再加上口碑流传，他这两个店的生意，就像灶膛里的火苗，轰轰烈烈地燃烧了起来，发展到现在，有了一百多家加盟连锁店。

他一直是在不计回报的爱里长大的，如今，他对父母的回报，也是不计成本的。带老爸看病，陪老妈体检，有空了还拉上他们满世界旅游，让我弱弱地承认吧，有时候，我没有他那么慷慨。我前面提到他的生活品质比我高，不只是因为他比我有钱，而是他活得比我更平衡，想到什么就去做，不会患得患失，也不抠抠唆唆。谁能想到，当初他对自己那略带任性的爱，家人对他有点过分的宠溺，会有这样的一个结果？

这或许和我们的传统教育有所冲突，过去，我们提倡匮乏教育，要让孩子知道父母的辛苦，知道一蔬一饭来之不易，要学会精打细算，用好手中的每一个铜板。这说法没错，但精细是过程，不是目的，如果过度的精细，让我们把功夫全耽误在精细的路程上，那就得不偿失了。

（《作家文摘》2017 年总第 2009 期，摘自《从尊敬一事无成的自己开始》，闫红著，人民文学出版社 2016 年 12 月出版）

演唱生涯

毕飞宇

是哪根筋搭错了呢？1990 年，我二十六岁的那一年，突然迷上唱歌了。

1990 年总是特殊的，你不知道自己还能干些什么，而我对我的写作似乎也失去了信心。可我太年轻，总得做点什么。就在那样的迷惘里，我所供职的学校突然搞了一次文艺会演。会演行将结束的时候，我的同事，女高音王学敏老师，上台了。她演唱的是《美丽的西班牙女郎》。她一开腔就把我吓坏了，这哪里还是我熟悉的那个王学敏呢？礼堂因为她的嗓音无缘无故地恢宏了，她无孔不入，到处都是她。作为一个没有见过世面的乡下人，我意外地发现人的嗓音居然可以这样，拥有不可思议的马力，想都不敢想。

我想我蠢蠢欲动了。大约过了一个星期，我悄悄来到了南京艺术学院，我想再考一次大学，我想让我的青春重来一遍。说明情况之后，南艺的老师告诉我，你已经本科毕业了，不能再考了。我又来到了南京师范大学，得到的回答几乎一样。我至今都能记得那个阴冷的午后，一个人在南师大的草坪上徘徊。我不会说我有多痛苦，只是麻木。我怎么就不痛苦呢？

可我并没有死心。终于有那么一天，我推开了王学敏老师的琴房。所谓琴房，其实就是一间四五平方米的小房子，贴墙放着一架钢琴。王学敏老师很吃惊，她没有料到一个教中文的青年教师会出现在她的琴房里，客气得不得了，还说"请坐"。我没有坐，也没有绕弯子，我直接说出了我的心思，我想做她的学生。

我至今还记得王学敏老师的表情，那可是1990年，唱歌毫无"用处"，离电视选秀还有漫长的十五年呢。她问我"为什么"，她问我"有没有基础"。当然，她没有谈费用的事。那时候，金钱还是一个遥不可及的概念，甲乙双方都羞于启齿。

我没有"为什么"。如果一定要问为什么，我只能说，在二十岁之前，许多人都会经历四个梦：一是绘画的梦，你想画；一是歌唱的梦，你想唱；一是文学的梦，你想写；一是哲学的梦，你要想。这些梦会出现在不同的年龄段里，每一个段落都很折磨人。我在童年时代特别梦想画画，因为实在没有条件，这个梦只能自生自灭。到了少年时代，我又渴望起音乐来了，可一个乡下孩子能向谁学呢？又到哪里学呢？做一个乡下孩子没有什么可抱怨的，然而，如果你的学习欲望过于亢奋，你会觉得你是盛夏里的狗舌头，活蹦乱跳，无滋无味，空空荡荡。

我在音乐方面的"基础"是露天电影留给我的。在八九岁之后，我在看电影的时候多了一个习惯——关注电影音乐。我不识谱，但是我有很强的背谱能力。电影的主题音乐大多是循环往复的，一场电影看下来，差不多也就能记住了。

我母亲任教的那所小学有一把二胡，看完了电影之后，我就把二胡从墙上取下来，依照我的记忆，一个音、一个音地摸。摸上几天，也能"顺"下来。可我并不知道二胡一共有七种"定弦"，我只会使用一种——52弦。这一来麻烦了，每一首曲子都有几个音符对不上，怎么摸都摸不到，这很要命。旋律进行得好好的，一个音突然"跑"了，不是高，就是低，真是说不出的别扭。我问过许多人，也没人知道这是为什么。他们说，其实也差不多。可音乐没有差不多，这是音乐特别不讨喜的地方，它较劲、苛刻，没有半点宽容，你要是跑调了，听的人会想死。我的"基础"就这些了。

王学敏老师还是收下了我。她打开她的钢琴，用她的指尖戳了戳中央C，是do，让我唱。说出来真是丢人，每一次我都走调。王老师只示唱："do——"这样我就找到了。王学敏老师对我的耳朵极度失望，她的眼神和表情都很伤我的自尊，可我就是不走，我想我的脸皮实在是厚到家了。王老师没有把我轰出去，也无非是碍于同事的情面。

对初学者来说，声乐最重要的一件事是"打开"，它必须借助于腹式呼吸。说出来真是令人绝望，王老师告诉我，婴儿在号哭的时候用的都是腹式呼吸，狗在狂吠的时候也是这样，因为说话，人类的发音机制慢慢地改变了，胸腔呼吸畅通了，腹式呼吸却闭合了。所谓"打开"，就是回到人之初。一旦"打开"，不仅音色会变得圆润，声音还可以变得嘹亮，只要趴在地上，完全有能力与狗对抗。我们身体的内部隐藏了多少好玩意儿，全让我们自己弄丢了。

我已经用胸腔呼吸了二十六年，要改变一个延续了二十六年的生理习惯，这实在不是一件容易的事。王老师不厌其烦，一天又一天，一个星期又一个星期，她一遍又一遍地给我示范，我就是做不到。王老师也有按捺不住的时候，发脾气，她会像训斥一个笨拙的学生那样拉下脸来。是的，我早就错过学习声乐的最佳时机了，除了耐心，我毫无办法。老实说，作为同事，被另一个同事这样训斥，心理上极其痛苦。我得熬过去。

　　每天起床之后，依照老师的要求，我都要做一道功课：把脖子仰起来，唱"泡泡音"——这是放松喉头的有效方法。除了唱"泡泡音"，放松喉头最有效的方法是睡眠。行话是这么说的，"歌唱家都是睡出来的"，这和爱情是"睡出来的"其实是一个道理。可是，因为写作，我每天都在熬夜，睡眠其实是得不到保证的。王老师不允许我这样。我大大咧咧地说："没有哇，我睡得挺好的。"王学敏把她的两只巴掌丢在琴键上，"咚"的就是一下。王老师厉声说："再熬夜你就别学！"后来我知道了，谎言毫无意义，一开口老师就知道了，我的气息在那儿呢。我说，我会尽可能调整好。——我能放弃我的写作吗？不能。因为睡眠，写作和歌唱成了我的左右手，天天在掰手腕。

　　如果有人问我，我所做过的最枯燥的一件事情是什么，我的回答无疑是练声。练声，听上去多么优雅，可文艺了，很有范儿了，还浪漫呢。可说白了，它就是一简单的体力活。其实就是两件事："咪"，还有"嘛"。你总共只有两个楼梯，沿着"咪"爬上去、爬下来，再沿着"嘛"爬上去、爬下来。咪——嘛——；咪、咪、咪、嘛、嘛、嘛；咪——嘛——我这是干什么呢？我这是发什么癔症呢？回想起来，我只能说，单纯的爱就是这样——投入，忘我，没有半点功利心，它就是发癔症。

　　王学敏老师煞费苦心了。她告诉我，气不能与喉管摩擦，必须自然而然地从喉管里"流淌"出来。她打开了热水瓶的塞子，让我盯着瓶口的热气看，天天盯着看。为了演示"把横膈膜拉上去"，她找来了一只碗，放在水里，再倒过来，让我拿着碗往上拔。这里头有一种矛盾的、等张的力量，往上拔的力量越大，往下拽的力量就一样大。是的，艺术就是这样，上扬的力量有多少，下沉的力量就有多少。老实说，就单纯的理解而言，这些都好懂。我能懂。我甚至想说，有关艺术的一切问题都不复杂，都在好懂的范畴之内。这就构成了艺术内部最大的一个隐秘：在知识和实践之间，有一个神秘的距离。有时候，它严丝合缝；有时候呢，足以放进一个太平洋。

小半年就这样过去了，我还是没有能够"打开"。我该死的声音怎么就打不开呢？用王老师的话说，叫"站不起来"。王学敏老师在琴房里急得团团转。我估计，她用一把斧头把我劈（打）开来的心思都有了。终于有那么一天，在那么一刹那，我想我有些走神，我的喉头正处在什么位置上呢，王老师突然大喊了一声："对了对了，对了对了！"怎么就对了呢？我有些措手不及。二十年前，当我第一次号哭的时候，我身体的发音状况就是这样的吗？我不可能记得的。我只是知道，经过不懈的努力，我发现了一种极其亲切的回忆。难怪博尔赫斯说："不是历史照亮了现在，而是现在照亮了历史。"是的，历史被照亮了，它是一条不用训练就能"打开"的狗。

哪有不急躁的初学者呢？初学者都有一个不好的心态——不会走就想跑。我给王老师提出了一个要求，想向她学唱曲子。王老师一口回绝了。根据我的特殊情况，王老师说："前两年还是要打基础。"我一听"前两年"这几个字就按捺不住了，那要等到什么时候呢？夜深人静的时候，我一个人来到了足球场。它是幽静的，漆黑、空旷，在等着我。我知道的，虽然空无一人，但它已然成了我的现场。

我不夸张，就在这样一个漆黑而又空旷的舞台上，每个星期我都要开三四场演唱会。学生宿舍和教工宿舍离足球场不远，我想我的歌声是可以传递过去的，因为他们的声音也可以传递过来。传递过来的声音是这样的："他妈的，别唱了！"

别唱？这怎么可能，我做不到。唱歌是一件很特别的事情，一首曲子你就可以上瘾，你停不下来。我的心想唱，我的身体也想唱，不唱不行的。

可我毕竟又不是在唱歌，那是断断续续的，每一个句子都要分成好几个段落，还重复，一重复就是几遍、十几遍。不远处的宿舍一定被我折磨惨了——谁也受不了一个疯子在深夜的骚扰。他们只是不知道，那个疯子就是我。

事实上，我错了。他们知道，每个人都知道。我问他们："你们是怎么知道的？"一个年纪偏大的女生告诉我："这有什么呀？大白天走路的时候，你也会突然撂出一嗓子，谁不知道？就你自己不知道。很吓人的，毕老师。我们都叫你'百灵鸟'呢。"

我不怎么高兴。我怎么就成"百灵鸟"了？一天夜里，我终于知道了。王学敏老师有一个代表作《我爱你，中国》，第一句就是难度很大的高音——"百灵鸟从蓝天飞过"。有时候我也唱的。当我铆足了高音唱出"百灵鸟"的时候，嗨，可不是"百灵鸟"吗？

写到这里，我其实有点不好意思，回过头来看，我真的有些疯魔。我一个当老师的，大白天和同学们一起走路，好好的，突然就来了一嗓子，无论如何这也不是一个恰当的行为。可我当时是不自觉的，说情不自禁也不为过。难怪有不少学生很害怕我，除了在课堂和操场，根本不知道这个老师的下一个举动是什么，做学生的怎么能不害怕呢？我要是学生我也怕。

一年半之后，我离开了南京特殊师范学校，去了《南京日报》。我的生活彻底改变了，我的演唱生涯也到此结束。我去看望我的王老师，王老师有些失望。她自己也知道，她不可能把我培养成毕学敏，但是，王老师说："可惜，都上路了。"

前些日子，一个学生给我打来电话。我正在看一档选秀节目，附带着就说起了我年轻时候的事。学生问："如果你是这个时代的年轻人，你会不会去参加？"我说我会。学生很吃惊了，想不到他的毕老师也会这样无聊。这怎么就无聊了呢？这一点也不无聊。事情往往就是这样，没经历过难以自拔的人永远也不能理解，有些人来到这个世界就是为了发出声音的。我喜爱那些参加选秀的年轻人，他们的偏执让我相信，生活有理由继续。我从不怀疑一部分人的功利心，可我更没有怀疑过爱。年轻的生命自有其动人的情态，沉溺，旁若无人，一点也不绝望，却更像在绝望里孤独地挣扎。

二十多年过去了，我再也没去王老师的琴房上过一堂声乐课。说到这里，我必须老老实实地承认，我其实并没有学过声乐，充其量也就练过一年多的"咪"和"嘛"。因为长期的熬夜，更因为无度的吸烟，我的嗓子再也不能"打开"了。拳离了手，曲离了口，我不再是一条狗了，我又"成人"了。我的生命就此失去了一个异己的、亲切的局面。——那是我生命之树上曾经有过的枝丫，挺茂密的。王老师，是我亲手把它锯了，那里至今都还有一个碗大的疤。

（《作家文摘》微信公众号 2019 年 9 月 16 日）

故事里的事故

蒋子龙

社会转型，变化剧烈。故事多，事故也多。如何区分？正如婚外恋，在文学作品中是故事，在现实生活中就是一场事故。

一件事情的正反两种走向，其悬念取决于当事者的命运，也少不了事情发生的地域环境及旁观者的视角。譬如美国禁止"师生恋"，有教师违规一律开除。而法国现任总统马克龙的"师生恋"，不仅修成了正果，还成为世界级佳话。

世界是多元的，既可以把故事看作事故，也可以把事故想象成故事。一般来说，故事有多精彩，事故就有多惨痛。

2018年3月5日的《广州日报》载文：三十一岁的郭天和四十二岁的顾青，是慧灵智障人士服务机构艺术团的男一号和女一号，双双坠入爱河。但双方父母并不支持他们的爱情，理由是他们一个心智障碍，一个患唐氏综合征，家长认为"爱是要瞻前顾后的，他们连自己都照顾不了时，又如何担起家的责任？"

美国少年雅各布·巴内特，两岁时被查出患有自闭症，而他的智商比爱因斯坦还高，如今刚十二岁，就已开始攻读博士，美国印第安纳大学还为他提供了一个研究员的职位，研究方向主要集中在相对论和宇宙大爆炸学说上。但他的母亲忧心忡忡地说："我最担心的是他永远失去了说'我爱你'的能力。"

这就是差异，中国家长为孩子还能够爱担心，美国家长为孩子不能爱担心。

我一直信服这样一句话：在世间一切活动中，唯有人的故事最吸引人。他们有古人、今人、圣人、凡人、能人、奇人，他们之所以打动我并与文学连接在一起，是他们的生命中那不同寻常的特质以及他们人生轨迹的传奇性。巴尔扎克有言："一代人就是一出有着四五千名优秀角色的戏剧。"我们所处的这个时代最基本的特点，体现为他们的品质。了解他们，有助于更深切地理解这个时代。于是我要尽最大的努力，真诚而温暖地记下他们。

读报看到一南一北、一小一老两个人的故事，都是在半夜不睡觉的故事。心里万千滋味，有凄清，也有感动。

重庆巴南区界石镇一名八岁男孩，夜里三点独自在街上溜达。原因是家里大人外出赚钱，他一个人在家害怕，想到学校里有老师和同学，就半夜去上学。出了家门，才想起学校还没开门，只好在大街上磨蹭。

沈阳七十四岁的王忠臣，每天凌晨两点起床，照顾七十五岁瘫痪在床的妻子，让她一睁眼就能看到自己。他鄙视睡眠，甚至鄙视自己的年龄，得空就出去跑步，为的是不让自己先倒下。他比上面的小男孩更辛劳，也更幸运、更幸福，因为他有亲情可享，有亲人可守护，"爱一个人要付出很大的代价，但不爱任何人，代价就更大。"

《羊城晚报》载：曾敏之先生九十八岁高龄在仙逝之前，每天都有人到病房探望，有时还与来人举杯，小酌儿口。这才是老神仙的境界，能让同行敬重、喜欢，愿意跟他亲近。

不禁想起这些年文坛上去世的其他作家。民间自发地写悼念文章最多的是张贤亮先生，他去世的第二天早晨，连游泳馆里都有人在谈论他，一位五十多岁的旅游公司老总对我说，他是在张贤亮的小说里得到了性启蒙教育。

一位进城的老作家，在病重期间向一度脱离过父子关系的儿子抱怨某某作家不来看望他。他儿子抢白道："人都被你得罪完了，谁还来看你？"

所谓"死亡是公正的"，是指必须偿付一切欠债。老出版家曾彦修九十岁时作诗自寿，最后两句："夜半扪心曾问否？微觉此生未整人。"一辈子没害过人，感觉是最大的愉快、很大的幸福。

（《作家文摘》2018年总第2195期，摘自《人民文学》2018年第9期）

粉丝与知音

余光中

    大陆与港台的交流日频，中文的新词也就日益增多。台湾的"作秀"、香港的"埋军"、大陆的"打的"，早已各地流行。还比如"粉丝"。

    粉丝之为族群，有缝必钻，无孔不入，四方漂浮，一时啸聚，闻风而至，风过而沉。这现象古已有之，于今尤烈。宋玉《对楚王问》曰："客有歌于郢中者，其始曰'下里''巴人'，国中属而和者数千人……其为'阳春''白雪'，国中属而和者数十人。"究竟要吸引多少人，才能称粉丝呢？学者与作家，能号召几百甚至上千听众，就算拥有粉丝了。若是艺人，至少得吸引成千上万人才行。

    与粉丝相对的，是知音。粉丝，是为成名锦上添花；知音，是为寂寞雪中送炭。所谓知音，其实就是"未来的回声"，预支晚年的甚至身后的掌声。凡·高去世前一个多月写信告诉妹妹维尔敏娜，说他为嘉舍大夫画的像"悲哀而温柔，却又明确而敏捷——许多人像原该如此画的。也许百年之后会有人为之哀伤"。画家寸心自知，他画了一张好画，但好到什么程度呢，因为没有知音来肯定、印证，只好寄望于百年之后了。凡·高生前只有两个知音：弟弟西奥与评论家奥里叶，死后的十年里只有一个：弟媳妇乔安娜。高更虽然是他的老友，本身还是一位大画家，却未能真正认定凡·高的天才。

知音出现，多在天才成名之前。叔本华的母亲是畅销小说家，母子两人很不和谐，但歌德一早就告诉做母亲的，说她的孩子有一天会名满天下。歌德的预言要等很久才会兑现：寂寞的叔本华要等到六十六岁，才收到华格纳寄给他的歌剧《尼伯龙根的指环》，附言中说对他的音乐见解十分欣赏。

有些知音，要等天才死后才出现。莎士比亚死后七年，生前与他争雄而且不免加贬的班琼森，写了一首长诗悼念他，肯定他是英国之宝："全欧洲的剧坛都应加致敬。他不仅流行一时，而应传之百世！"又过了七年，另一位大诗人米尔顿，在他最早的一首诗《莎士比亚赞》中，断言莎翁的诗句可比神谕，而后人对他的崇敬，令帝王的陵寝也相形逊色。今人视莎士比亚之伟大为理所当然，其实当时盖棺也未必论定，尚待一代代文人学者的肯定，尤其是知音如班琼森与米尔顿之类的推崇，才能完成"超凡入圣"的封典。

此地我必须特别提出夏志清来，说明知音之可贵，不但在于慧眼独具，能看出天才，而且在于胆识过人，敢畅言所见。四十五年前，夏志清所著《中国现代小说史》在美国出版，钱锺书与张爱玲赫然各成一章，和鲁迅、茅盾分庭抗礼，令读者耳目一新。文坛的旧观，一直认为钱锺书不过是学府中人，偶涉创作，既非左派肯定的"进步"作家，也非现代派标榜的"前卫"新锐；张爱玲更沾不上什么"进步"或"前卫"，只是上海洋场一位言情小说作者而已。夏志清不但看出钱锺书、张爱玲，还有沈从文在"主流"以外的独创成就，更要在四十年前美国评论界"左"倾成风的逆境里，毫不含糊地把他的见解昭告世界，真是智勇并兼。真正的文学史，就是这些知音写出来的。有知音一锤定音，不愁没有粉丝，缤纷的粉丝啊，蝴蝶一般地飞来。

知音与粉丝都可爱，但不易兼得。一位艺术家要能深入浅出，雅俗共赏，才能兼有这两种人。如果他的艺术太雅，他可能赢得少数知音，却难吸引芸芸粉丝。如果他的艺术偏俗，则吸引粉丝之余，恐怕赢不了什么知音吧？知音多高士，具自尊，粉丝拥挤甚至尖叫的地方知音是不会去的。知音总是独来独往，欣然会心，掩卷默想，甚至隔代低首，对碑沉吟。知音的信念来自深刻的体会，充分的了解。知音与天才的关系有如信徒与神，并不需要"现场"，因为寸心就是神殿。

粉丝则不然。这种高速流动的族群必须有一个现场，更因人多而激动，拥挤而歇斯底里，群情不断加温，只待偶像忽然出现而达于沸腾。粉丝对偶像的崇拜常因亲近无门而演为"恋物癖"，表现于签名、握手、合影，甚至索取、夺取"及身"的纪念品。据说小提琴神手帕格尼尼的听众，也曾伸手去探摸他的躯体，求证他是否真如传说所云，乃魔鬼化身。其实即便是宗教，本应超越速朽的肉身，也不能全然摆脱"圣骸"的崇拜。佛教的佛骨与舍利子，基督的圣杯，都是例子，东正教的圣像更是一门学问。

"知音"一词始于春秋：楚国的俞伯牙善于弹琴，唯有知己钟子期知道他意在高山抑或流水。子期死后，伯牙恨世无知音，乃碎琴绝弦，终身不再操鼓。孔子对音乐非常讲究，曾告诫颜回说，郑声淫，不可听，应该听舜制的舞曲韶。可是《论语》又说："子在齐闻《韶》，三月不知肉味，曰：'不图为乐之至于斯也！'"这么看来，孔子真可谓知音了，但是竟然三月不知肉味，孔子或许是最早的粉丝吧。今日的乐迷粉丝，不妨引圣人为知音，去翻翻《论语》第七章《述而》吧。

不惜歌者苦，
但伤知音稀。

粉丝已经够多了，且待更多的知音。

（《作家文摘》2016 年总第 1934 期，摘自《美文》2016 年第 5 期）

看 人

蔡　澜

　　人活到老了，就学会看人。

　　看人是一种本事，是累积下来的经验，错不了的。

　　古人说：人不可貌相。我却说：人绝对可以貌相，我是一个绝对以貌取人的人。

　　相貌也不单是外表，是配合了眼神和谈吐，以及许多小动作而成。这一来，看人更加准确。

　　獐头鼠目的人，好不到哪里去，和你谈话时偷偷瞄你一眼，心里不知打什么坏主意，这些人要避开，愈远愈好。

　　大老板身边有一群人，嬉皮笑脸地拍马屁，这些人的知识不会高到哪里去。虽然说要保得住饭碗，也不必做到这种地步，能当得上老板的人，还不都是聪明人？他们心中有数，对这群来讨好自己的，虽不讨厌，但是心中不信任，是必然的事。

　　说教式地把一件不愉快的事重复又重复，是生活刻板的人，做人消极的人，这种人尽量少和他们交谈，要不然你的精力会被他们吸光。

年轻时不懂，遇到上述这些人就马上和他们对抗，给他们脸色看，誓不两立，结果是给他们害惨。现在学会对付，笑脸迎之，或当透明，望到他们背后的东西，但心中还是一百个看不起。

美丑不是一个很大的关键。

我遇到很多美女，和她们谈上一个小时，即刻知道她们的妈妈喜欢些什么、用什么化妆品、爱驾什么车。她们的一生，好像都浓缩在这短短的一小时内，再聊下去，也没有什么话题。当然，在某种情形之下，你不需要很多话题。

丑人多作怪是不可以原谅的。几乎所有的三八婆都是这一个典型。和她们为伍，自己总会变成一个，一字曰八，总之，碰不得也。

愁眉深锁的女人，说什么也讨不到她们的欢心，不管多美，也极为危险，这些人多数有自杀倾向，最怕是有这个念头时，拉你一块走。

这种女人送给我，我也不要。现实生活中也会遇到的，像林黛玉和乐蒂等人，都是遗传基因使她们不快乐。

大笑姑婆很好，她们少了一根筋，忧愁一下子忘记，很可爱的。不过多数是二奶命，二奶又有什么不好？她们大笑一番，愉快地接受了。

爱吃东西的人，多数不是什么坏人。他们拼命追求美食，没有时间去害人。大笑姑婆兼馋嘴，是完美的结合，这种女人多多益善。

样子普通，但有股灵气的女人，最值得爱。什么叫有灵气？看她们的眼睛就知道，你一说话，她们的口还没有张开之前，眼睛已动，眼睛告诉你她们赞不赞成。即使她们不同意你的看法，也不会和你争辩，因为，她们知道，世界上要有各种意见，才有趣。

　　我们以前选新人，六七十年代中一部片就是上千个，有谁能当上女主角，全靠她们的一双眼睛，有的长得很美，但双眼呆滞，没有焦点，这种女人怎么教，都教不会演一个小角色。

　　自命不凡，高姿态出现的女强人最令人讨厌——她当身边的人都是白痴，只有自己一个才是最精的。这种女人不管美丑，多数男人都不会去碰她们。从她们脸上可以看出荷尔蒙的失调。

　　"我还很年轻，要怎么样才学会看人？"小朋友常这么问我。

　　要学会看人，先学会看自己。

　　本人一定要保存一份天真。

　　像婴儿一样，瞪着眼睛看人，最直接了。

　　沉默最好，学习过程之中，牢牢记住就是，不要发表任何意见，否则即刻露出自己无知的马脚。

　　注视对方的眼睛，当他们避开你的视线时，毛病就看得出来了。

　　也不是绝对地不出声。将学到的和一位你信得过的长辈商讨，问他们自己的看法对与不对。长辈的说法你不一定赞同，可以追问，但不能反驳，否则人家嫌你烦，就不教你。

　　慢慢地，你就学会看人了，之中你一定会受到种种的创伤，当成交学费，不必自怨自艾。

　　（《作家文摘》2015 年总第 1886 期，摘自 2015 年 9 月 20 日《广州日报》）

一拇指的距离

橙　子

　　二十多年前，大舅是个泥巴匠，四处帮人盖房子。农村的房屋很简单，不是大瓦房，就是平房。大舅盖的房子结实、美观，最关键的是省钱，所以找他的人就多。

　　比如取料，大舅就坐在高高的房顶之上，叫两个徒弟在下面送料。不用电梯，也不用任何耗能的机器，大徒弟从左边抛上去五块砖，小徒弟再从右边抛上去五块砖。

　　一仰头，就能看见大舅坐在蓝天白云之下，左边接一下，右边接一下，跳舞一样和谐有趣。

　　小徒弟看得眼热，心钩钩地要上房顶接料。大舅千叮咛万嘱咐，小徒弟上了房顶，学着师傅的样子，接料。刚刚接了一次，哎呀一声，就看见那血顺着手流下来，赶紧下来包扎。

　　小徒弟委屈地说："我能接住，就是错了一个拇指的距离。"

　　大舅说："师傅也没啥，就是这一拇指的距离。"

　　母亲曾经的一个下属，我们小时候都管她叫胖姨，胖胖的，笑眯眯的。那时候，县城还有供销社，胖姨在供销社卖布。卖布，得会量布、撕布。

胖姨一手拿一根长长的直尺，一手捏着布，量到所需处，让对方看看，再放出一拇指的距离，用直尺上的一截刀片对准布料轻轻划一小口，顺着这个小口刺啦刺啦地撕下去，不偏不倚，那声音，唱歌呢，买布的女人，美着呢。

换一个售货员就不行，把布紧紧地扯着量，人家回家把布摊平了一量，少一拇指啊，还有把布撕偏的，碰见较真的，回来闹事。

胖姨这手劲，拿捏得刚刚好，单位没有吃亏，买布的满心欢喜。好多人点名要胖姨服务。难怪胖姨年年劳模评选得票最多。后来胖姨单干，靠了这一拇指的智慧，开了一家公司，养活娘家婆家二十几口子人。

待到我长大上班，才知道这一拇指，得慢慢地修炼。

公司的司机老王，说他老，一是因为他明年退休，年龄老，二是因为他年轻时开 A 照大巴，调到我们公司，改开 C 照小车，技术老。

一次开会，马路边临时停车场车满为患，保安累得满头大汗，指挥各种停车，左打右打不绝于耳。

离马路出口很合适的地方，有一块空地，前面有两棵小树挡着，如果和其他车并排停，车屁股突出来，有点堵马路，横着停，空间有点紧张。好几辆车走到这里，犹豫犹豫，走了。

平时蔫蔫巴巴的老王也不吭声，从马路上绕了一圈，突然加速，一个漂移，车进去了。大家都惊呆了！蔫唧唧的老王，还有这一手，真是隐藏了功与名的北京老炮。

下车，领导拍拍老王的肩膀，对我们说："看见没有，那边离树也就一拇指的距离，谁能把我们的业务做到这个份儿上，我让他做副总。"

　　大家面面相觑。这一拇指，蓝天白云的距离啊。

　　突然想起那个坐在房顶之上用手跳舞的大舅，在花香四溢的布料里撕出音乐声的胖姨，人生很奇妙的境界，一个拇指的距离，不多不少，不繁不简，不藏不显，一切刚刚好。

　　（《作家文摘》2017 年总第 2050 期，摘自 2017 年 6 月 1 日《北京青年报》）

回想青春

陈　村

　　年届六十来谈论青春是一件很好笑的事情，先是好笑，然后又悲哀起来。头发大张旗鼓地花白了，牙齿神不知鬼不觉地松动了，肚子一五一十地腆出来了。那皱纹在脸上张牙舞爪的，无论什么霜什么蜜都没了能耐。我只能以一个曾经青春者的身份来谈谈青春。

　　在我年轻的时候，"青春"似乎是一个下流的字眼儿。即便偶尔提到，也是为了将它贡献出去。所以，在我的印象中，青春是一种早晚要端出去献了的东西，就像是他人寄放在我这儿的一样。

　　不过，我确实年轻过。我曾年轻到口出狂言，年轻到想入非非，年轻到将生命一掷为快。尽管我一无所有，然而有了青春，生命就蓬蓬勃勃了。过了这一站，那份自负和慷慨，全部收敛了。不仅自己收敛，如今我还常常把经验告诉年轻人，比如生活的艺术，比如处世的哲学，比如心理的锻炼。指导他人的青春是一件很有诱惑力的工作，上点年纪的人多半乐此不疲。我也未能免俗，为此说了许多话，写了许多字，谆谆告诫他们，真诚祝福他们。

　　直到有一天，我突然没来由地想起了乌鸦。那种黑色的鸟总是多嘴。我站在人生的树上，常把目光投向后果，而年轻人常常追求瞬间。我告诉活在瞬间的人，永恒是不存在的，所以瞬间也是无意义的。我所找寻的结果无疑是消灭了永恒也消灭了瞬间的。想到这些，我告诫自己再不要多嘴多舌了。

我想起在自己年轻的时候，也曾听到过许多忠告。心绪不佳时，往往还要将这些话反击回去。是啊，不听老人言，吃亏在眼前，此后多半吃了亏。但是，在吃亏之前，我获得了许多快乐。

在一个深秋的黄昏，小雨，我走向一个姑娘的家，去开始一场一开场就是结束的初恋。当时我热情沸腾茶饭不思，却连一声"不"都没有听见。这种经历当然不会获得很高的评价，但毕竟开始了才有以后，才有今天和明天的感情。

秋天更深的时候，我坐上西行的列车，去当一个新时代的小农民。后来，也是秋天，我也是坐的火车，回到了城市。我把土地和草屋还给了老乡，把健康和一些信念留在了那里。来者已不是去者，我第一次感到自己是活过了。那一年我十九岁，我的青春想必就是在这时结束的。

我不知自己的青春从哪天开始，也不知它流落何方。和大多数年轻人一样，我的青春很短、很卑微，这和我设想的青春是一致的。这样，我可以在回想时微笑，觉得可亲。

青春是一腔无人可诉的心事，青春是一本不让人翻阅的本子，青春是不计功利的努力，青春是无法被证实的自负，青春是莫名的开心与莫名的哀愁，青春是留给后来的一坛陈酒，青春使人变得比婴儿更幼稚，比老人更忧伤。

有段时间，我常去大学，去有年轻人的地方。我没有任何功利的目的，只是想看到年轻的人们。他们常常将我吸引，他们没有财富，没有地位，但他们拥有年轻和健康。我试图和他们对话，但说不上几句就明白，自己不说也罢。我们不能相互理解，甚至没有理解的欲望，最多只能相互尊重。当年，我也曾尊重过那些年长的人。我自以为还有力气谢绝尊重。有一次，在复旦大学，我和几个同伴与大学生们争执起来了，为了一个没名堂的题目。我想，这可好了，现在我们平等了，可以让那些"老师"见鬼去了，争一争心里很舒服。他们也解放了，可以肆无忌惮，可以畅所欲言，可以自高自大。这真是难得的好时光。

可是，并不是什么人都想和我辈争一争的。我们相互看见了，相互微笑，然而无言，我们的中间隔着岁月和经历。我们缺少共同的话题，还缺少一致的兴趣。这样的两代人携手并肩是很辛苦的，不如相望相闻。我想我应该调整自己，应该有一种树的感觉。树的基调是年轮，当然，年轮也没什么了不起，不必常常去做。何况，树的年轮只有在被放倒后才能数清。

我想，有一天，我被放倒了，要是还有人愿意来数一数我的年轮，数到中间怕是没什么可数的。还有一句老话叫"树怕伤心"，那包藏在层层叠叠的枯枝败叶和老皮之间的树的青春被岁月锈蚀，树也就没有了。

（《作家文摘》2016 年总第 1900 期，摘自《散文·海外版》2016年第 1 期）

择邻而居

王开林

《南史·吕僧珍列传》记载了一件趣事：宋季雅罢官后，买下一座宅院，与吕僧珍毗邻而居。吕僧珍问起房价，宋季雅报出的数目是一千一百万。房子这么贵，吕僧珍觉得不可思议。宋季雅淡定地说："我是一百万买宅，一千万买邻。"

吕僧珍是南朝的大勋大德，宋季雅打从心底崇敬他，为了择此芳邻，心甘情愿付出了巨额房价，此举明智而高雅，成为千古美谈乃是理所当然。

时隔一千六百多年，现代人择邻而居，有了更多的功利选项。

视财富为第一要素的人若能住进富人区，就感觉惬心安，他们看重的是偌大的气场。你想想看，钱跟钱走，人跟人玩，那么多有钱人住在一处，鸡犬相闻，朝夕相见，财神爷和孔方兄每天欢呼雀跃地跑来现场办公，其附加值可真不是一点点大。

视健康为第一财富的人则会选择离运动场馆、公园、山水、森林较近的地方居住，方便自己打球、游泳、登山、跑步、遛弯。十多年前，我搬出单位宿舍，另购新居，即以健康第一、环境优先的理念为指导，选中的是大公园旁的一个小区，比本市商品房均价高出一倍，我也没有丝毫迟疑。现在来看，这是一个正确的选择，我原先患有胃溃疡和风湿痛，经过数年的锻炼之后，症状已杳无踪影。近几年，市政拨款，精修公益设施，公园的设施越来越齐全，环境越来越优美，四季鲜花常开，湖水清澈见底，山上、岛上林木蓊郁，鸟鸣啾啾，赏心悦目之物甚多，日日徜徉其间，比吃任何补药都强。

有一次，我与一位朋友争论这样一个问题：老人究竟是住在紧邻公园的地方好，还是住在紧邻医院的地方好？我的选择很明确，住在公园附近，常常去散步、吸氧，能保持活力，健康的生活方式将使人远离疾病的窥伺。我坚信，去公园遛弯的次数多之又多，去医院就诊的次数就会少之又少。那位朋友则相对悲观，他认为城市里常有雾霾笼罩，空气质量不佳，饮水质量、食品质量都相当可疑，还是未雨绸缪，住在离医院更近的地方才安心。这算不算一个二难选择？我认为不算。生活方式决定生命质量，甲方以公园为邻，乙方以医院为邻，其他条件大致相当，甲方长期保持乐观心态，每天适度健身，生命质量只会比乙方更高，而不会更低。

世间的追星族想法如出一辙，与自己崇拜的偶像毗邻而居，将是人生莫大的幸运和幸福。但他们要实现这个梦想，并不会比实现其他梦想更容易。那些歌星、影星、球星全都日进斗金，要做他们的邻居，必须具备亿万身家，否则就只能一边儿凉快去。更令人气闷的是，就算你有幸成了他们的邻居，一年到头也未必能够见到他们的真容，一方面，他们的事业太忙碌，活动繁多；另一方面，他们如同蜘蛛侠，将自己的私生活遮捂得严严实实，就算你是邻居，想与他们攀谈两句，合影一回，也很难如愿。

　　某些"神人"要攀结芳邻，可谓挖空心思，绞尽脑汁，使出浑身解数。多年前，台北有位新闻记者，名叫戴文采，她前往美国度假，特意租住在张爱玲寓所附近的地方，仔细观察这位偶像的日常起居，翻检张爱玲扔弃的零碎垃圾，对于片纸只字都要琢磨半晌，研究半天，原本以为自己能够偷窥其隐私，神不知鬼不觉地掌握"独家猛料"，撰写一篇轰动台岛的新闻报道。然而，她未免太低估了张爱玲敏锐的嗅觉，一旦发现敌情，张爱玲就选在深夜搬家。几天后，戴文采才发现"标靶"已经悄然消失。可是她必须为自己放出去的大话买单，稿子还得写，还得交。怎么办？戴文采只好硬着头皮七拼八凑、拉拉杂杂地写出一篇《我的邻居张爱玲》，敷衍过关，因此沦为了台岛新闻界的笑柄。

　　中国老百姓有一种特殊的烦恼——望子成龙，将购房与择校高密度关联，如此一来，学区房年年看涨，涨价涨到令人咋舌的地步。北京西城区文昌胡同的房子破破烂烂，面积小，室内连厕所都没有，居住属性极差，但由于邻近实验二小，挂牌价每平方米竟高达三四十万元，一间十平方米的房子，中介居然胆肥，敢叫价三四百万。央视《经济半小时》栏目的记者暗访过那里，有图有真相。为了孩子，财力雄厚的家长舍得投资，择名校为邻，绝不吝惜真金白银。

　　有人说，孟母三迁，最终选择的也是学区房。战国时期的房价如何？我们不得而知，但有一点是清楚明白的：孟轲天赋异禀，孟母为儿子挑选的是恰当的学习项目，而非其他。孟轲的小伙伴们同样居住在学宫附近，谁又成了能与之比肩的伟人？

择邻而居，并非一劳永逸，敬业者乐，健身者强，好学者优，这些才是硬道理。

（《作家文摘》2017 年总第 2015 期，摘自 2017 年 2 月 23 日《文汇报》）

图书在版编目（ＣＩＰ）数据

活在身体里的故乡 / 季羡林等著;《作家文摘》编 .—北京：
现代出版社 , 2022.1
（《作家文摘》名家散文系列）
ISBN 978-7-5143-9143-5

Ⅰ. ①活…　Ⅱ. ①季…②作…　Ⅲ. ①散文集－中国－现代
②散文集－中国－当代　Ⅳ. ① I266

中国版本图书馆 CIP 数据核字（2021）第 180945 号

活在身体里的故乡（《作家文摘》名家散文系列）

作　　者	季羡林　史铁生　余　华　等
主　　编	《作家文摘》
责任编辑	毕椿岚
出版发行	现代出版社
通信地址	北京市安定门外安华里 504 号
邮政编码	100011
电　　话	010-64267325　64245264（传真）
网　　址	www.1980xd.com
电子邮箱	xiandai@vip.sina.com
印　　刷	北京飞帆印刷有限公司
开　　本	710mm×1000mm　1/16
印　　张	16.5
字　　数	184 千
版　　次	2022 年 1 月第 1 版　2023 年 11 月第 4 次印刷
书　　号	ISBN 978-7-5143-9143-5
定　　价	48.00 元